我知道没有人值得我羡慕

咸泡饭 著

I know no one
worth my envying him

Wuhan University Press
武汉大学出版社

礼物

如此幸福的一天

雾一早就散了，我在花园里干活

蜂鸟停在忍冬花上

这世上没有一样东西我想占有

我知道没有一个人值得我羡慕

任何我曾遭受的不幸，我都已忘记

想到故我今我同为一人并不使我难为情

在我身上没有痛苦

直起腰来，我望见蓝色的大海和帆影。

——［波兰］米沃什／西川译

自 序

　　这本书的书名，来自波兰作家米沃什的诗。他得过诺贝尔文学奖。这当然不是我喜欢这首诗的原因。如今，我们国家也有人获此殊荣，所以，我说这话的时候，完全没有羡慕嫉妒恨的味道。有一点我忘记说了，诗人写下这些句子的时候，已经九十高龄。

　　我的职业生涯是个让人生气的大圈子，时隔多年，我终于决定写一本书。理由是，我发现：如果我还有可能创造出一件对自己来说完美的东西，那么，只能是一本书了。

　　人生何其短，不过繁花一季，在朝生暮死之间，奢谈什么不朽的功名，太虚妄了吧。可是，昙花一现也未免太悲摧。我常想，十年后，二十年后，我还能写吗，还有人读吗？这个时代的新陈代谢超快，曲未终，人已散；新生

自　序

的速朽，老旧的淘汰。遥想未来，心有戚戚焉。那时候，世界归根结底掌握在孙子辈们的手里，我辈已老，文字再怎么接地气，再炉火纯青，也无法满足新人类的阅读口味，所思所想肯定也格格不入。

由此看来，我辈注定要被无情地置于历史的垃圾桶。不过，我又转念一想：也许到了那时候，早已经火星撞地球，山无棱，天地合了。我拍了拍自己，说：兄弟，你想多了。

人生注定是场不寻常的旅途，一路上有太多未知，但是，那又怎样呢？人生如是，写作亦如是——这不是无知无畏，而是"明知不可为而为之"的那一份执拗的坚持。

据说，上帝曾请三个人建造房子。第一个人建的是草房子，第二个人建了木头房子，他们很快就完工了；第三个人则毕其半生，建造了一所坚固无比的石头房子。一场暴风雨之后，草房子和木房子没了踪影，石头房子当然毫毛未损、巍然屹立。于是上帝问第三个人：你为什么会建如此牢固的房子？那个人回答：我建造的时候，始终在想，我是在建造自己的栖身之所。

我想，领悟了这个故事所蕴蓄的道理，就很容易创造出对自己来说完美的东西。写作这件事与建房子并无二致，有人视之为功名利禄之源，你却视之为栖身之所。我以此自勉，也希望自己能造出风雨如晦而等闲视之的坚固房子。

关于写作，我以前不敢奢谈，现在我觉得说说也无妨。这倒不是由于自己具备了什么了不起的资格，实在是因为我发现：其实，写作这事，压根儿就没什么了不起的。但凡是戴着红领巾、长在阳光下的人，诸如我辈，多少对写作怀有某些敬畏，总把它与道义、人生、社会这些大词儿纠缠在一起，硬是把一件好玩儿的事情弄得不好玩儿，硬是把一件妙趣横生的事情弄得索然寡味。

每位写作者一定都想过"为什么写作"这个问题，答案当然五花八门。就我而言，完全是由于好玩儿。王小波这家伙把写作这件事比作登山，具体来说，就是要冒着脑

自 序

壳被摔碎的危险，去做一件获利极少的事情。我觉得这比喻很贴切，对大多数写作者来说，这绝对是一件付出大于收益的事情。但是，谁在乎过收益？不过是因为山在那里，而登山这件事很好玩儿罢了。

我仔细想了想，认识到：写作不是我生活的一部分，而是我体验生活的一种方式。像我这种不爱折腾的人，生活是很无聊的。事件的密度相当低；时间匆匆逝去，我在小范围的天地里匆匆来去，眼睛一睁一闭，一天就草草地过去了。要是就这么下去，这辈子算完了。好在还有写作这回事，写作的时候，我在看似平淡的生活中不断发现了亮点，就像在海滩上捡贝壳的孩子，见到这边一个好看的贝壳，那边又一个，那边又是一个，惊喜不断。我陡然发现，原来还有那么多有趣的人、事、物，值得我们停下来，看一看，想一想，握握手，说几句话。于是，我相信，一个人对生活的认知深度，取决于他的眼睛，而不是眼前的景色；取决于他感受的丰富性，而不是事件的密度。写作恰好给了我这双眼睛，使我找到了通向丰富的捷径。

我没有把这本书当作一本书去写，而是出于捡贝壳的需要，还有就是为了好玩儿。因为不同的际遇，不同的情景，不同的时空，不同的季节，不同的心境，这些文章呈现出不同的样子，风格迥异。不过，我想到了王小波先生引用罗素的那句话："参差多态，乃是幸福的本源。"于是，我觉得也许这样也挺好。

这些文章，我用在修改上的时间要远远多于把它们写出来的时间。春天改，夏天改；白天改，晚上改；一字一句地改，三番五次地改。春花秋月何时了，我还在改稿；洛阳亲友如相问，就说我在改文稿；王师北定中原日，我也不忘改文稿；人生自古谁无死，反正我就改文稿；仰天大笑出门去，回来继续改稿子……近乎于自虐了。我刚才还说自己不爱折腾来着，之所以在文字上如此这般不辞辛劳，倒不是因为自己多么严格要求，多么追求完美，多么一丝不苟，完全是出于喜欢。干脆这么说吧——我就是犯贱，喜欢打磨文字这种事情。总之，那是一种非常良好的

自　序

感觉，读自己的文章，有时候就像在阅读另一个陌生人，然后把自己对这个世界的认识和感受加进去一点儿，再加进去一点儿；终于感觉可以放下心来，了无牵挂地忘记过去了。因为舍不得放下，所以拼命要记住，又担心记忆力有限。现在好了，我使出一招乾坤大挪移，把记忆都化成了纷纷扬扬的文字，留存在纸上，有朝一日，即便脑子被掏空，也无关紧要了。

修改文章这种事情，对我来说恐怕永无止境，用一句热血的话说，就是：生命不息，修改不止。事实上还真是这样，不过，我觉得是时候适可而止了。

我是个蛮喜欢回忆的人，用乐此不疲来形容，大概也不为过。还是一个少年的时候，就常常凭栏而立，往事一幕一幕从眼前掠过，内心被莫名其妙的惆怅填满了。现在想来，在那个单薄的年龄就开始回忆，实在为时过早。

如今，我依然没有胆量说自己有什么回忆的资格。生活中，我大致是一个小心翼翼又随遇而安的人，没经历过九九八十一难，当然，我也不希望这样。我只有小欢喜，小悲伤。

走至现在这个让人感觉艰难的年纪，我意识到了自己少年时的幼稚，这算不算一种成熟呢？我还不能确定。不过，我也不为那时的"为赋新词强说愁"而感到脸红。那个凭栏而立的少年，虽然模样有些可笑，但他是真诚的。我总觉得，一个人垂垂老矣，有一箩筐的阅世经验，这些其实也算不上是了不起的资格吧。如果以此自居，喋喋不休地教育后辈，恐怕还会遭人嫌弃的。

我们的一生中会经历不同的阶段，竭尽全力而真诚地走过，那么，让自己感到脸红的理由就一个也没有。我知道，你的心里有纠结，有悲摧，有迷惑，有惆怅，有向往，有欢欣，有各种柔软的感情。如果你在读这本书的时候，有同感，那意味着你与身体里的另一个自己狭路相逢。你把这些情愫藏在心里，我把它们搬到了纸上，仅此而已。其实，我们大家都是一样一样的呢。

这本书，不是指南，也不是鸡汤。我在万丈红尘里跌

自　序

打滚爬，身心俱伤；更没有一条万能的红尘摆渡船。我能做的就是与你抱团，陪你哭陪你笑陪你吐槽陪你领略风雨阳光。如果你觉得这是温暖的慰藉，那就是我的无上荣光了。

这世上没有一个人值得你羡慕，你所经历的一切，都熠熠闪光。

目　录　　**Contents**

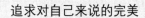

追求对自己来说的完美

无家可归的荷尔蒙

目　录　　**Contents**

痛苦在回忆里闪光

我知道没有人值得我羡慕

无背景之抒情

把梦做得入木三分

目　录　　**Contents**

一个人的春花秋月

我知道
没有人值得我羡慕

快控制不住自己了

快控制不住自己了

　　我记得上小学一年级的时候，有一天，正上着课，大家聚精会神、如饥似渴地听讲，突然听到一声刺耳的尖叫。这一声尖叫毫无预兆，横空而出，顿时，教室里鸦雀无声，空气也凝滞了。我转过头，看见一位女同学双手捂着耳朵，正惊慌失措地看着大家。一头雾水的老师眨巴眨巴眼睛，怯怯地问：你，你怎么了？

　　女同学面无表情，她也被自己的举动吓坏了。她弱弱地回答：我控制不住自己了。

　　老师愣了半天，最后说：这是课堂，我们继续上课。

　　太遗憾了，我小学二年级的时候就转学了，没办法和那位上课时因为控制不住自己而突然尖叫的女生继

快控制不住自己了

续茁壮成长。虽然当时，我在心里狠狠地鄙视她，觉得她莫名其妙，没事找抽，但是现在我多么想与她双手紧握，郑重地告诉她：时光荏苒，往事成烟，只有你的尖叫声绕梁不散，挥之不去，因为我们都控制不住自己了。

你看，早上的阳光多么柔软，干干净净地照在草地上。小女孩穿着格子衬衫，头顶扎着小辫，走路还跌跌跄跄的，她的手里捏着一大束棉花糖，像孙悟空脚下的云团。小女孩自己跟自己玩得很嗨皮，她突然转过身，直勾勾笑眯眯地看着我——简直是在调戏我呢！我突然好想抢走她手里的棉花糖，迎着早晨的太阳在公园里疯跑，然后小女孩在我身后追。小女孩要笑得特嗨，边追边说：叔叔，我就要追到你了！

我心里这么想着，可小女孩连路都还走不稳呢，她的妈妈就站在不远处，随时提防着像我这样想抢棉花糖的坏人。某一刹那，我感觉控制不住自己了，就要跃身而起、箭步如飞地去抢小女孩手里的那团云了。

我岂止想抢那团云啊，我还想把小女孩抢过来，让她叫我三声"哥哥"才准回家；我还想告诉她的妈妈：你应该给这个超级可爱的美女胚子换一个粉红的发夹。

我快控制不住我自己了。

　　我在书城的橱窗里看到了自己的影子，这是一条繁华的街，人头攒动，川流不息。我突然好想把自己当成一颗子弹，把玻璃击得粉碎，以闪电的速度站到书架前，翻看一本小清新的书，所有人都不知道发生了什么，大家东张西望，面面相觑，好奇地聚在橱窗前，惊讶地看着满地的碎玻璃。我这么想着，我的影子在玻璃上晃动，我快控制不住自己了。

　　大家都在斑马线上往前走，我想倒着往后走，我快控制不住自己了。我在21楼鸟瞰城市风景，却突然想纵身跳下去；正开着车呢，突然想冲出护栏；突然想把小鱼缸放进微波炉里高火三分钟；突然想把钱包扔到河对岸的灌木丛里；突然想点燃坐在前排的女人的头发；突然想在黑咕隆咚的电影院把爆米花和葵花子抛到空中……脑子里不经意地蹦出这些危险又邪恶的想法，我必须用力控制自己，才不至于付诸行动。我好担心自己像那位突然尖叫的女同学，真的控制不住自己了。

　　我的身体里住着另一个自己，他常常自导自演，折腾出很多自以为精彩的电影。他竟然试图摆脱我的束缚，干点出格的事情。我摸了摸他的脑袋，轻声但特严厉地说：兄弟，老实点，不然我干掉你。

莱斯特这个中年男人，和大多数年纪相仿的中年男人一样，平庸、平常，好在他还尚存一点悟性——他知道自己的灵魂已经死了。直到有一天，他遇见了他女儿的同学——安吉拉。这个未成年但性经验丰富的少女，让莱斯特复活了。他幻想着种种与安吉拉亲昵的场景。他开始跑步、健身，满不在乎地丢掉做了十四年的工作，用敲诈来的一笔钱买了心仪已久的大黄蜂跑车。然后，他像个孩子一样在汽车餐馆卖快餐。他觉得自己很快乐。再然后，他看到妻子与另一个男人在车里卿卿我我搂搂抱抱。他对此很无所谓。

这是电影《美国丽人》里的情节。最终，莱斯特迎来了亲近安吉拉的机会，他像打开一本书一样打开了安吉拉的胴体，令他魂牵梦绕的少女真的就躺在眼前，触手可及。可是，这个焕发了第二春的男人却停止了。他的眼睛里闪现出慈父的光芒。他并没有胆怯，而是他的快乐与眼前这个少女的肉体没有关系。显然，这不是一部关于"洛丽塔"情结的主题电影。

导演决定让观众反思一些什么，记住一些什么，所以，他残忍地让莱斯特死于妻子的枪下。莱斯特临死前，深情款款地看着妻子和女儿的照片，他的心里充满了温情。这个本来已经心死的男人，已经失去了生活情趣的男人，已经没有爱的男人，已经玩世不恭的男人，在做了一场春梦之后，回到正常的轨道，只是，他的心中，多了一份温情。

身陷在庸常生活里的莱斯特也快控制不住自己了，但终究还是控制住了。他刻意纵容自己的欲望，以此来寻找乐子。折腾了一圈，回到起点，发现最值得珍惜的，其实是已经拥有了的东西。拼命想改变的"莱斯特们"，原来只是叶公好龙，改变意味着得到和失去，而得到的东西未可知，失去的东西未必能承受，所以，我们在改变和不改变、控制和不控制的纠结中自己和自己搏斗，好生辛苦。

不敢相信小姐是我认识的一位女孩。三年前，她回到家乡小镇上教书了。她在电话里说：最近心情不好。我说：那我来看你吧。她说：好啊。

第二天，我都站在她眼前了，她还觉得有点不可思议。因为一个好像谁都没怎么当真的电话，就一路风尘地赶过来，这多么不合情理啊！所以，不敢相信小姐隔着咖啡吧里摇曳的烛影，说：你看到我了，我的心情也由阴转晴。现在，你得说一个见面的理由，起码听上去得冠冕堂皇吧。眼前的女孩，已经不再是三年前的模样，现在多了女人味，气质正正好。我说：我只是想来看看你。她问：然后呢？我说：没有然后了。

我没有骗她，可是我没有说实话。其实，我受到另一个自己的唆使，踏上长途客车，去见一个曾经倾心的女孩，与她共进晚餐，我们之间，隔着差不多半米的距离，即便有暧昧的烛光在闪烁，也依然保持着安全的距离。我小心翼翼地控制着另一个自己，不准他越出雷池半步，只允许他静坐凝视，不放纵他飞蛾扑火。他，在安全的距离之内得到了抚慰，然后又能平心静气地快乐下去了。这是真相，我没有坦诚地告诉她。

只是，这安全的距离如何拿捏才能恰到好处？自控力再强的人，也会有马失前蹄的那一刻吧，就像那个在教室里突然大声尖叫的小女孩，控制不住自己了。

受过伤的人苦口婆心地劝后来者：别走这条路了，会很惨的。大家听得认真，可还是义无反顾地往前走，也受了一身的伤，折回原地，声泪俱下地奉劝后来者。可是，他们挡不住前赴后继的勇气和热情。这不是无知，也不是犯贱——不到黄河心怎么死，不见棺材怎么掉泪。就像莱斯特一样，折腾一圈，回归起点，虽然原地不动，可是心中的风景已经变了。人生大抵如此，那些受过伤、对我们苦苦相劝的人，不是傻帽，就是被我们当作傻帽一样忽略不计。

所以，如何恰到好处地控制自己？这个问题无解。人生仿佛一场遭遇战，随机应变吧，如履薄冰的脚步，也会踩出无数个错误的脚印。或者更进一步地说：人生没有对错，只有各种选择。所以，最后的结论是：官人，请自便。在控制的分寸和力度上，只有依靠自己，如鱼饮水，冷暖自知。

日本画家和散文家东山魁夷写道：竭尽全力而诚实地生活是尊贵的，只有这才是我生存的唯一要义。也许，值得我们铭记于心的，真的就是"竭尽全力而诚实地生活"。

大家都爱上了忧伤

　　刚满 2 岁的小表弟不小心摔倒在地，他勇敢地爬了起来，脸上的表情像男子汉一样坚强无畏，他已经抓起一个冰激凌津津有味地大吃特吃了。可是，他的妈妈用心疼的口气问：乖宝贝，你是不是摔跤了？他委屈地点点头，然后伤心就接踵而至。可爱的脸蛋立刻晴转多云，然后下起了雨。他哭得格外伤心，眼泪簌簌地掉落下来。

　　有一天，我照镜子的时候发现了嘴唇上方隐隐泛出的胡须，我想，我长大了。我终于鼓足勇气给一位女孩递了纸条。递纸条是一种暗语，但大家都明白其中的含义——纸条的内容是无聊还是离奇，这一点儿也不重要，那时候，谁给谁传纸条就意味着谁喜欢上了谁。我有胡须了，喉结也越来越明显，已经初步具备了喜欢一个人的能力。

我递纸条的对象是隔壁班级的语文课代表，依稀记得她是瘦瘦的小小的个头，扎着马尾辫，皮肤是小麦的颜色。我现在特别怀疑当时的自己喜欢这个女孩的动机，是因为喜欢而喜欢吗，还是因为蠢蠢地要表现某种能力呢？但语文课代表决绝地将我拒之门外，她看到我递过来的纸条，先是惊愕，再是鄙视，然后竟然显出一种凛然的气势——这是早恋，怎么能早恋？绝不能早恋！纸条还没完成交接程序就被课代表狠狠扔在了地上，一个少年纯粹的感情就这么被摔得粉身碎骨。

我想，这算得上失恋吧。我再次凝望着镜子里的自己——一个能够生发爱、感受爱却得不到呼应的少年，他的一颗玻璃心被人摔碎了，他难道不应该忧伤吗？他应该是寡言的，他应该一个人骑单车，常常仰望天空；他应该穿帆布鞋和纯白棉 T 恤；他的眸子里应该闪着柔软的光，让人看了就会心生恻隐和怜悯之情；他默默咀嚼着爱情的苦涩……我把自己想象成如此这般忧伤的少年。

渐渐地，我发现忧伤的感觉很美好，每当我迎风蹙眉以 45 度角仰望天空的时候，我都觉得自己特有姿态，像风一样的少年，像谜一样的少年，一定有女孩子动了恻隐之心。我还感觉自己感知这个世界的触觉越来越细密，越来越敏锐，这也是忧伤给我的馈赠。每一次微小的伤心，每一次感情的波纹，都被刻意放大，再三咀嚼，我在维持忧伤的同时也提升了感受力，真是一箭双雕。总之，我爱上了忧伤，还特别受用忧伤带来的感觉。

我的一位画家朋友，忧伤对他来说简直就是日常消费品，就像鱼儿离不开水，鸟儿离不开天空，男男女女离不开爱情一样。这么说吧，他的所有画作都是忧伤的衍生品，所有的线条、明暗、色彩都是为了承载和表达他的忧伤。

都一大把年纪了，他还能轻易爱上一个人，当然，他的爱不是为了得到，而是为了得不到。他在得不到爱的遭遇中酝酿忧伤、发酵忧伤。他甚至会爱上一个虚无的人，比如秦淮灯影里的柳如是和陈圆圆，比如芭蕉叶下的李清照和朱淑真，比如飘摇乱世中的张爱玲和林徽因。有一天，他把我拽上车，在高速公路上疾驰三个多小时，然后又踏着一路的风尘步行半个多小时，终于来到衰草萋萋的李香君墓前，他拿出早已备好的古琴，席地而坐，在荒郊旷野间默然地抚起琴来。他的表情是那么肃然，继而悲戚。他沉浸在臆想的忧伤中，满意极了。

女孩生病了，她不再精心修饰妆容，素颜朝天；她蹙眉喝下苦涩的用小火熬制的中药，然后转身倚靠着栏杆，月光浮动，映照出她弱不禁风的身影。她在寂寞清冷中抬头看向远方，那里是冷月如钩、寒光流溢的大漠，金戈铁马的战士岿然而立。她相信，自己的柔骨才是温暖人心的力量；纵横沙场的战士会为她的忧伤勒住马缰，铁石心肠的英雄也会为她的忧伤垂泪。她的脸上泛起了欣悦的笑意。

我终于明白，原来大家都像孩子一样爱上并且还特别受用那个叫作"忧伤"的感觉呢。

如果我说，有一个人，只有身在痛苦中，她才会心安理得，你相信吗？

爱上痛苦小姐就是这样的人，她精神正常，工作体面，微笑的时候露出标准的八颗牙，很好看。可是，她说：我觉得幸福不真切。她心生这种感觉的时候，正看着自己爱的人围着围裙，在厨房里像模像样地为她准备午餐；她斜靠在沙发上，漫不经心地观看一部泡沫剧；明媚的春日阳光照进了屋子里。某一刹那，她突然觉得眼下的一切如梦如幻，不像是真的。

她觉得自己应该待在阴暗潮湿的合租屋里，寂寞度日，没人疼爱，也努力不爱别人。毕业之后，她就一直过着这样的生活。在单亲家庭长大的她，不相信王子和公主的童话。在她的心里，居无定所、感情无所寄托才是真切的，她才会觉得心安理得，受之无愧。

直到有一天，那个明媚的男人，用真诚融化了她的心，他们两情相悦，她搬进了敞亮的房子，衣食无忧，冬天有一个人可以拥抱着取暖，这多好啊，要多好有多好。她常常不能自已，流下眼泪。男人心疼地拥她入怀，用温软的手掌宽慰她，却不能理解她的悲伤。他不明白自己拥抱着的女人，是一个知足到愧疚的人。因为觉得拥有了太多的幸福而愧疚，这样的人，才会流泪。

只是看着自己爱的男人，只是躺在属于自己的屋里听雨打窗棂的声音，只是用不着再颠沛流离、再拎着大包小包的行李换住处，只是在生了病的时候有人嘘寒问暖，然后，她就止不住流泪。她不矫情，也不林黛玉。只是因为她有那么多那么多抹不去的痛苦记忆。

美好的故事未必被允许

如果以现世的角度来看待那部电影，那它肯定免不了受些非议。女同胞们看完电影，无不一脸不屑地一语道破：这种故事，不该被拍成一部美好的电影。我对此也不以为奇。

故事是这样的：男主角和女主角经人介绍，相亲，他们很无聊地履行着相亲程序——吃饭、看电影、喝茶。然后，他们就上床了。简单的铺垫之后，是直奔主题。他们相亲相爱，可是，女主角最终却嫁给了另一个有钱人。已为人妇的女主角依然与男主角保持关系。她有男主角家里的钥匙。他们在简陋的小屋里做豆芽拌饭，共进晚餐，恩爱依旧。最后，电影里下了一场雪，大雪弥漫，天和地都很干净，很安静。女主角一步一步

踩着积了雪的楼梯，来到小屋，打开门，走了进去。电影就结束了。

没错，这是一个偷情的故事。

可是，一切都很美好。简单的情节，舒缓的节奏，有着忧郁气质的男主角，淫而不荡的女主角，以及她的浅浅的微笑。简陋的小屋，寻常的生活，豆芽拌饭，安静的雪。他们因为纯粹的相爱才在一起，而不是任何其他的因素。

无论如何，这是一个不被道德和法律许可的故事，所以，它配不上这美好。可是，悖论就在于：我们明明知道那样的美好很危险，却依然不可救药地对它上瘾。

我每年都会参加几次读书会，有时候是坐在台上讲，有时候坐在台下听。年少轻狂的人在一起，谈论的话题却总带着几分悲伤。悲伤从来都不值得炫耀，摆出一副45度角仰望天空的姿势也很傻帽。可是，你言我语之中萦系的悲伤总是挥散不去。话说尽了，出路却迟迟找不到。最后，有人用"无力"这个词作为总结，大家竟都"深以为然"地频频点头。

据说，聪明的商家要把某件价钱虚高的商品卖给顾客，一般会先展示一件价钱更高的商品。其中的玄奥是这样的：在更高与高的对比之下，顾客也就不觉得高了。上面那个关于偷情的故事，纯属忽悠。我真正要讲的故事是下面这个：

我在J站台坐上去C城的巴士。因为是首发站，所以有充足的空余座位可供挑剔，其实也没什么好挑的，为了下车方便，我最后坐在后排靠近车门的一个位置上。车从站台开了出去，我迎面撞到了几束酡红的夕阳。这暖融融的春日傍晚，虽然身在异乡，心里却升起了踏踏实实的欣悦之情。

就是在这种美好的背景之下，那个女孩突然出现在我的视线之内。该怎么描述我当时的感觉呢？我想到了"眼前一亮"这个被频繁使用的词。她是什么时候上的车？也许她早就在车上了，也许是刚刚上车。她在人群里游来荡去，然后闯入了我的视线。在我看来，她好像是一道闪电，突然而至，猝不及防，却让人满心欢喜。

我觉得以我的拙笔，不能妥帖、确切地描绘出这个女孩的美好。我不想弄巧成拙，那就笼统、务虚地说吧——如果上帝创造极少的完美，来印证人间的诸多残缺，那么，这女孩就是令我无法直视的完美。这种说法未免有夸张之嫌，不过在我看来，事实如此。

很高兴，女孩就在我眼前站定。她的手握住栏杆，眼睛向窗外看去。我偷偷看她，联想到很多与青春和美好有关的词汇，不过，这些词叠加起来也抵不上她的万分之一。她那么自然，我搜肠刮肚，搬出的的词汇都苍白无力。有好几次，我想站起身来给她让座，轻触她的手臂，用温柔的声音告诉她：你坐吧。然后，我会站在她旁边，像一名守卫，并且看似随意地与她聊起车窗外的夕阳和红色云朵。但是，这一切都没有发生，只是我一厢情愿的春梦。她高高在上，我连直视她的勇气都没有。我绝望极了。

我在想，如果换一个角度，借用上帝的第三只眼睛，那么，当时的情景恐怕是这样的：一个女孩，站在巴士上，坐在一旁的大叔正用眼睛偷瞄她。大叔的眼睛里，恐怕还有色眯眯的光芒迸射出来吧。那个大叔身背行李，在 J 站台搭乘此趟巴士去 C 城。没错，大叔正是在下。

还有一件事大叔不得不交代：他的女朋友就在 C 城当老师，而他此行，正是为了与他朝思暮想的"亲爱的"见面。

虽然我早作铺垫，讲了那个偷情的故事，但行文至此，恐怕仍避免不了鄙视和讨伐的口水。一个随便的大叔一见钟情地爱上了萝莉，一场白日梦还铺展出这么多的文字——哼！这不是空虚寂寞冷还能是什么！

　　其实，我真的不在意口水，不然也不会事无巨细地把这件事记述下来。我想说什么呢？我不想讨论道德层面的事情。美好的故事未必被允许，这是世上诸多缺憾之一种，我深谙此理，却也难免忧伤。我想，我大概正在变成一个更柔软的人。

承认自己无能为力

在朋友家里，我看到了小女孩的伤口，虽然被柔软的头发完美地覆盖住了，但仍触目惊心。一个刚满 5 岁的小女孩，在车祸中留下了永远的伤疤。她一点儿也不害怕陌生人，与我初识，就肆无忌惮地在我身上爬来爬去。时间会冲淡她对这条伤疤的记忆，可时间不是治愈所有创痛的药方。她的妈妈轻轻拨开头发，细声对我说：你瞧，就在这里。她的手和说话的声音都颤抖得非常厉害，泪珠大滴大滴地往下滚。她的眼睛都不敢在伤口停留太久，总是游移，躲闪。小女孩特别懂事地说：妈妈，我不会怪你，又不是你的错。她的妈妈已经泣不成声了。

我只好安慰她：有些事情，我们不是故意的。

试图逃离小姐觉得生活糟糕透了。在一个"千山鸟飞绝，万径人踪灭"的穷乡僻壤，做着照顾祖国花朵的工作。没错，她是传说中伟大的园丁、人类灵魂的工程师，可是，工作的非凡意义根本无法弥补她的空虚寂寞冷。白天冗长，黑夜凄冷，青春有限。她的激情岁月，没有燃烧，只是悄无声息又无可救药地逝去了。每天上完课，沿着满是油污和水渍的小巷，从学校侧门走回宿舍，途中看到一两位老人倚在墙角晒太阳，他们穿着臃肿的灰布棉衣，枯槁的面容深深埋在衣服里，远远看上去，好像蜷缩着身子的斑头老鹰。巷子不长，可是她不知道自己要多久才能走出去。每天她都在想，如果再不逃离这个地方，也许，可能，自己会疯掉。

于是，试图逃离小姐决定考研。

她读书读累了，就跟我聊天。她说：我们都长大了，可为什么还会觉得不自由，不能随心所欲？我有时候会恶毒地想，也许，自己身边的亲人都不在了，我会活得自在一点。

我知道她的意思。她的工作是她父亲安排的，在父亲眼里，稳定、妥当、有尊严，这是好工作的标准。父亲并不知道女儿对生活的希冀，所以坚决不准女儿辞职。父亲还给女儿安排了几次相亲，他希望女儿过上相安无事的生活，宁愿平凡、庸常，也要真切的幸福。只是，父亲读不懂女儿的心。

其实，试图逃离小姐究竟要怎样的生活，她自己也不清楚，但是她知道现在的生活不是自己想要的，所以，她决定逃离。我说：我支持你，至于以后会怎样，以后就知道了。

她的毅然决然惹怒了父亲，父女之间有了剑拔弩张的争吵，最后不欢而散。她晚上回到学校宿舍，趴在床上，泣不成声。夜深了，窗外飘起鹅毛大雪。若干年后，她回忆起往事，那些簌簌而落的雪花依然封存不化。那一晚，她抱着厚厚的被子，却怎么也温暖不了一颗被淋湿的心。

我去看到她的时候，是在医院的病房里。她的手腕上缠着白色绷带。雪停了，柔软的冬日阳光透过窗户照在床上，她快快地躺着，脸色煞白。那天晚上，她在彻骨的寒冷和绝望中划破了自己的手腕。第二天，她的舍友打开门，看到一地的暗红色，吓得失声尖叫。众人慌忙把她送到县医院，并打电话叫来了她的父母。好在，伤口并不深，动脉没有割破。

试图逃离小姐木然地看向窗外，我不知道应该怎么安慰她。

　　我再次去看她的时候，她已经考完试，不过学校还没放寒假，她仍在代课。我们沿着煤屑小路走出校门，踱步来到湖边。湖水澄净，天地肃然。她的眸子里有了淡然、宁静的光芒，脸上多了莞尔的笑容。她凝神看向湖对岸，岸边覆盖着薄雪，裸露的衰草显出斑驳的颜色，春天仿佛从遥远的天边款款走来。

　　她告诉我，她躺在病床上，面对窗外单调、凝滞的灰色天幕，万念俱灰。她对看护她的父亲说：我想出去走走，散散心。父亲迟疑片刻，终于还是点点头，说：好。

　　外面的世界下雪了。鹅毛般的大雪，从天而降，落在地上却悄无声息。脚踩到积雪，窸窣有声。她擎着伞，沿着医院后面的蜿蜒山路，小步而上，天与地都空茫茫一片，就像她此时此刻的心情，没有悲伤没有欣喜，不知道为什么而活。她在迷惘中转过身去，也许是要在冥冥中寻找什么。她在转过身的刹那，看到不远处一个悄然移动的身影突然定住，那个身影好像做坏事被人发现了一样，木然地站在原地，手足无措，一脸的羞愧和尴尬；头上和身上都存了雪，看上去，像是一具移动的木头。那个身影，正是试图逃离小姐的父亲。因为担心女儿再次轻生，又不想拒绝女儿"出去走走"的请求，所以才像做贼似的悄悄跟在女儿身后。

试图逃离小姐告诉我，她看到那个苍凉的身影，那一刻，她所有的矜持和尊严被击得粉碎，再也无力自持，瘫倒在地上。

后来，她的父亲支持她考研，也同意她放弃那份看上去稳妥的工作，总之，父亲不再强求女儿。父亲妥协了。

她说：其实，不管父亲同不同意，我都会好好活着，为了爱我的人。

她在大雪纷飞的季节，知道了妥协的必要性。即便过了单薄的年纪，也不能执拗地我行我素，因为大家都活在尘世，红尘滚滚，又怎么能无拘无束？很多时候，很多事情，我们是解决不了的，能消灭它们的，只有时间。我们要有耐心和耐力。

就像小女孩不幸在车祸中受伤，我们不是故意的，我们无能为力，承认这一点，也许对我们有好处。

就是想而已

一个朋友，他郑重其事地对我说：想去某某地方徒步旅行，一个人。他还说：在这方面，你是骨灰级的玩家，所以想听听你的意见。

我没有给他意见。我的第一反应是：一个有妻儿的中年的极少旅游的男人，怎么突然要一个人徒步？

我问他：你是不是跟老婆吵架了？

他说：怎么可能？

我继续问：那你确定自己的神经没搭错吗？

他说：绝对正常。

我接着问：那你为什么要去徒步？

他说：想锻炼身体。

我反问：在小区跑两圈不能锻炼吗？

他说：我想开阔一下视野。

我继续反问：打开电视，全世界的风光都尽收眼底，视野不是更开阔吗？

他说：我其实想邂逅。

我接着反问：你女儿都能打酱油了，还邂什么逅？

朋友稍微停顿了一会儿，然后眼睛直勾勾地盯着我，说：我就是想这么做，就是想而已，怎么了？我就是想一个人，徒步，不行吗？

我点点头，肯定地说：行！

一个人徒步，就是想而已；冬天吃很大一桶冰激凌，就是想而已；在另一座城市给自己寄一张贺卡，就是想而已；像孩子一样把爆竹藏在雪地里然后捂着耳朵窃笑，就是想而已；周一清晨关掉闹钟蒙头睡懒觉，就是想而已；把自己喜欢的明星的海报贴满屋子，就是想而已；坐一小时飞机两小时大巴再步行三小时去朋友家吃一碟回锅肉，就是想而已；花大半天把看过的书按出版日期的先后顺序重新排列一遍，就是想而已；在各种地方淘来各种样式的杯子然后锁在碗橱里可能永远也不会用到，就是想而已；花掉上百元油费去郊外采一篮子三毛钱一斤的野菜，就是想而已；用半个月的工资买一件磨砂牛皮文件袋然后束之高阁，就是想而已；认真装扮好自己然后在空荡的屋子里高声诵诗，就是想而已；给一位多年没有联系却念念不能忘的女孩写一封情书，就是想而已……我就是想这么做而已，没有其他的理由，不需要其他的理由。

很多时候，我特想说出这句话。我受够了解析几何、牛顿定律、sin、cos、价值规律、无穷大和无穷小，我想趁春暖花开的好时光去郊外的小路上无所事事地走一走，我想说"就是想而已"。我还想在月朗星稀的晚上为喜欢的女孩唱一首老情歌，她可以不小鸟依人地靠在我的肩头，她只要站在一个不远不近的地方安静地听，听我悠悠地唱着情歌，我想说"就是喜欢你而已，没有理由，也不需要你的回应，但请允许我喜欢你"。花好月圆夜，良辰又美景，难道我们不应该珍惜吗？难道可以容忍时光无情地逝去吗？

我想逃离格子间，像浪漫主义诗人一样，面朝大海，喂马劈柴，我想说"就是想而已"；我不要和谁谁谁觥筹交错，不要在霓虹摇曳中醉生梦死，不要说着违心的话，不要点着言不由衷的头，不要堆砌着虚假的笑，不要拐弯抹角声东击西指桑骂槐勾心斗角。

那个时候，我不足十岁，在风雪交加的晚上，踏着漆黑的夜色翻山越岭回到老屋，只为了一个温暖的被窝。那天晚上，我戴着父亲留下来的棉毡帽，每走一步，脚下的积雪就发出"吱吱"的呻吟。我仿佛看到鬼影在自己身边雀跃，为了壮胆，我狠狠地咳出了声音。寄人篱下的日子我已经忍无可忍了，我要回到老屋，回到那个温暖的所在，我就是想而已。

我们就是想而已，想翻阅高墙，去外面呼吸一口空气，我们成功地翻了过去。外面是一条冷冷清清的马路，从这一头望向那一头，昏黄的路灯光把我们的影子拉得细长。有人问：接下来，我们做什么？也许可以把这条路走完，然后呢，也许可以向左转然后继续走，再然后呢——大家都不知道。我们只是想出来走一走而已。有人说：万一宿管突袭查房怎么办？万一有人告密了怎么办？万一回去被发现了怎么办？那么多的万一，可我们只是想而已。那是高中时光了。

好吧，我承认自己喜欢这句话，佩服它传达出来的某种精神。所以，当朋友说出这句话的时候，有那么几十秒钟，我对他另眼相看。可问题是，想怎么样就能怎么样吗？主观能动性不是受到客观条件的制约吗？

我还是不相信他能兑现承诺，"就是想而已"的事情太多了，可是有几件真的被付诸实行了？一个人徒步，是需要时间的，要有时间就得请假，要请假就得被扣工资；一个人徒步，是要抛下妻儿的，抛下妻儿是要被允许的，被允许就要花费很多口舌解释，解释不合理就会招来争吵；一个人徒步，是会遇到麻烦的，路线怎么走，使用什么交通工具，购置哪些装备？都要逐一想清楚……想想总是很简单，付诸行动却需要付出代价。

我说：很多时候，其实是身不由己，不能做自己想做的事情。

朋友表示反对，他说：借口！根本就不存在什么身不由己，任何事情，我们都有机会选择做或者不做，只是我们还不确定是否愿意付出代价。

你可以单身主义，只要愿意付出孤独一生的代价；你可以云游四海，只要愿意付出居无定所的代价；你可以深深地、狠狠地爱上一个人，只要愿意付出身心煎熬的代价；你可以一意孤行、我行我素，只要愿意付出众叛亲离的代价。选择权从来都握在自己手里，不要因为舍不得付出代价而说什么身不由己。

我可不可以喜欢你

饭桌上，我力荐某人写的某本书，某导演新拍的某电影，我滔滔不绝地说着这本书这部电影如何如何好，多么多么值得一看，如果不看无疑是年度最大损失。然后，某美眉就说：我终于知道你的品味了，这么多年，一点也没有提升。大家纷纷抛来了鄙视的目光。我的勃勃兴致即刻烟消云散，恨不得遁地三尺溜之大吉。

不幸的是，我没能在那次悲摧的遭遇中吸取教训。因为喜欢某本书，就忍不住手贱，在网上评论一番，当然是五颗星的好评。结果，招来骂声如潮，因为大家充分发挥了批判主义精神，把这本书贬得一无是处，于是，我的好评就显得不分场合、媚俗讨好、势单力薄，仿佛赤裸裸地昭示自己不是品味低下，就是口味太独特、太冷门（显然，这是贬义词）。我惶惶地删掉了评论，好像自己挨了一顿狠狠的批评。

向朋友推荐自己喜欢的景点，朋友游玩回来后，竟愤愤地对我说：什么呀，真不知道有什么好玩的，你太坑爹了。向朋友推荐自己喜欢的餐馆，朋友打电话来抱怨：以后再也不相信你了，这是我有生以来吃得最糟糕的一顿饭。我感叹地说：某某论坛的草根影评写得太棒了，里面高手如云啊！朋友给了我一个鄙视的眼神，说：你好后知后觉哟。

终于有一天，一位朋友兴冲冲地问我：嗨，你觉得那个谁谁谁新拍的电影怎么样啊，你不是看过吗？我支支吾吾地、犹犹豫豫地、怯生生地说：你，你觉得呢，是好，还是不好？

某位女明星在接受娱记采访时说自己最喜欢吃的菜是红烧肉，但是在发稿的时候，编辑硬是把红烧肉改成了文雅的番茄炒鸡蛋。人家是明星，是美女明星，怎么能喜欢红烧肉，怎么可以喜欢油腻腻、黏糊糊的红烧肉哟。当我看到这个八卦新闻的时候，心里正想着：本人哪一天成名了，也是绝不能透露自己对肥肠情有独钟啊！

我从超市出来，老妈说：那儿能凭小票抽奖，你去抽一下吧。看在老妈的面子上，我在工作人员的指引下，出示购物小票，然后在第一个箱子里摸了一个球，又在第二个箱子里摸了两个球。在我后面和前面的人，摸了两次之后，都领着浴球、晾衣架、肥皂盒、洗衣粉之类的小奖品走了。但是，工作人员对我说：请等一等，你到第三关了。

我莫名其妙地就摸到了第三关。工作人员通过对讲机叫来领导，有人用钥匙打开了柜门，拿出登记簿和第三个纸箱，气氛一下子变得郑重起来，我这才认真研读了一下抽奖规则——闯到了第三关，要么是一等奖，要么就是二等奖。一等奖是价值3888的现金购物券哦。我的心一下子扑通了起来，本来没抱啥希望，稀里糊涂地竟然闯到了第三关，3888就在前面。

超市的领导把第三个纸箱拿到我面前，问我：你带身份证了吗？我点点头，然后领导说：你摸吧。我就摸了——一等奖！3888！现金券！我的心肝脾肺肾啊，真的是一等奖。咱的运气怎么就这么好呢！

接下来，是出示身份证，登记信息，缴纳几百元的偶然所得税，合影留念。我和老妈重返超市，又疯狂采购一番，终于心满意足地回了家。

吃晚饭的时候，我兴致勃勃、绘声绘色地向老爸说起这件事。我充分发挥了自己的语言表达才能，说得一波三折、细节丰富、感情饱满，尤其是对自己波澜起伏的心理的刻画，简直达到了惟妙惟肖的程度。当我停止了妙语连珠、唾液横飞之后，老爸清了清嗓子，冷冷地说：瞧你，小市民心理毕现。

我咕咚一声，咽下嘴里的饭，不作声了。我伸出手狠狠揉了揉自己的脸，生怕脸上还留着小市民的模样。

毕业实习的时候，我在某高中代课，教的是语文。班上有一位女生，上课特别认真，总是端端正正坐着，眼睛水灵灵的，她站起来回答问题，说话慢慢的，特别轻柔。她那么美好，让人忍不住多看一眼。

我在办公室批改她的作文，她的作文也写得好，透着一股子灵气。我就对邻桌的政治老师说：某某某同学的作文写得真好，我不给高分，群众是不会同意的，她蛮出色的，我喜欢她。然后，我就听到了政治老师的话：什么！你说什么？喜欢她，你是老师，她是学生，你喜欢她？你怎么可以喜欢她！

政治老师的声音像一支尖锐的箭，以迅雷不及掩耳盗铃的速度环绕办公室一周，最后射向我的耳朵，我看到她的脸上都是不可思议和匪夷所思的表情。我一身冷汗，脸上好像被成千上万根银针扎到了，火辣辣的疼。我感觉自己俨然一个猥亵女学生然后被当众活捉的色狼，心里充满了羞愧和自责。

再次回到课堂的时候，我看到那位女生依然端端正正坐着，眼睛水灵灵的——她那么美好，讨人喜欢，我忍不住又多看了一眼。

我知道
没有人值得我羡慕

追求对自己来说的完美

I know no one
worth my envying him

冥冥中的擦肩而过

在一次寻常的聊天中，听到一个不怎么熟悉的人不经意地提起一本书，不怎么在意的我随随便便地在网上搜到了这本书，满不在乎也毫无期待地试读了一部分，大喜，拍手称快，惊为奇文，于是迫不及待地买了回来，细细研读，如获至宝。

我已经从头至尾、逐字逐句把这本书读了三遍，而且我还准备这么读下去。我出远门的时候只带着它。我和别人聊着天呢，不知不觉间就引用了书上的某句话，我惊讶地发现这本书甚至还影响到自己看问题的角度和思维方式。总之，我爱上了这本书，而这本书在某种程度上改变了我。

鬼才知道我那天怎么就参与了那场无聊的聊天，还碰巧听到那本书的书名，事后又鬼使神差地记了起来（我的记性实在不敢恭维）。许多的偶然和碰巧连在一起，才促成了这件事情的发生，而这件事情竟然这么重要。

只要有微小的变化，自己也会与这本书擦肩而过。

我做编辑的时候，常常看到和自己关系很好的作者在别的期刊发表了文字，无一例外，这些文字都是很棒的。我跟他们开玩笑说：不带这么厚此薄彼的，尽把好东西给了别人。他们颇委屈地说：都优先给了你啊，只是你没有留用。我于是打开邮箱，发现那些文字早就躺在里面了，可是，为什么当初自己没有看上它们呢？它们混在成千上万篇文稿中，一定是因为遗漏了某个微不足道的环节，我与它们擦肩而过了。

为了写论文，对一个问题持续关注了三年，看法一直在变、变、变。论文完稿的那一刻，我意识到真正意义上的完稿根本就不存在，如果持续探究下去，也许所有的观点都可能被再次推翻。

最近沉迷于读史，正史、野史、通史、断代史、古代史、近代史、当代史、中国史、外国史、通俗说史、各种史。随着阅读的深入，我发现，几乎所有的历史人

物都与自己脑海里对他们的固有印象不一样，正面人物
也有侧面、反面，反面人物也有侧面、正面，他们很复
杂、多维度。我惶惶然地想，之前对历史标签化的理解
是多么粗糙多么扯淡啊。

　　我们对这个世界的误会到底有多深哟。肯定有数不
胜数的环节遗漏了，我们与真相擦肩而过。

　　据说，罗琳的哈利·波特系列书在全球风靡之前，
一位出版商在他的办公桌上看到了这部与他擦肩而过的
书稿。没错，又是因为某个遗漏的环节，他与一大堆金
矿擦肩而过了。哈利·波特系列书在全球以七种语言出
版发行，累计销量四亿多册，根据书改编的电影票房收
入高达七十多亿美元——这不是金矿是什么！

　　罗纳德·韦恩也是一位与金矿擦肩而过的人。他是
苹果公司的三位共同创始人之一，另两位就是大名鼎鼎
的苹果双雄：史蒂夫·乔布斯和史蒂夫·沃兹。苹果公
司初创之时，韦恩拥有10%的股份，但不久后他就以
800美元的价格卖掉了这些股份，目前，苹果公司10%
的股份市值近600亿美元。曾有人问他后不后悔，他
说：不后悔，因为在当时有限的信息之下，我做了自己
认为正确的决定。

在中国的历史上，1644年，是个流年，大明王朝的最后一位皇帝崇祯上吊自杀，他一生勤勉，终没能挽回大明王朝覆灭的命运。

李自成带着他的难兄难弟们，经过了14年的刀光剑影、辗转流亡，终于抵达了至高无上又神秘莫测的权力中心——皇宫（最先进入皇宫的，是李自成的大顺军前锋部队）。他们惊讶地发现，进入皇宫要比进入北京城容易很多，而进入北京城要比进入其他城容易很多，总之，越到最后越容易。泱泱大明王朝，早已经在这一刻到来之前耗尽了所有的气力。

李自成本人在崇祯自缢后第二天赶到北京城。他已经在城内看到"大顺永昌皇帝万岁"的字样了（一个多月前，李自成在西安称王，国号大顺，改元永昌）。

崇祯的尸体被抬到李自成面前，这位跟他斗了14年的老兄，此刻是躺着的，无语了；而他站着，他是胜利者。但是，身为胜利者的李自成却没有胜利的感觉，有的只是负罪感。

很显然，皇帝是他逼死的，他是弑君篡位的罪人。这种罪不是一般的罪，而是逆天的罪，也就是罪的最高等级。两千多年以来，所有人都一致这样认为。这就形成了一股无形而巨大的道德力量，李自成需要跟这股力量搏斗。

他对躺在脚下的这位老兄说："我来与你共享江山，如何寻此短见？"

他下令，给这位老兄准备一口薄薄的柳木棺材，抬到昌平草草下葬。

部下劝他称帝，他说："不了。"

他的言行暴露了纠结的内心——既不敢承担弑君之罪，又不能让兄弟们知道自己的负罪感。他感受到一种前所未有的孤独。这种孤独，崇祯有过，之前和之后的帝王们都有过，所以他们说自己是"寡人"，真的很贴切。

当初，李自成和他的兄弟们在荒山野岭喝酒，虽然没有像样的下酒菜，但是可以言语无忌，可是现在，他必须而且只能独自和无比强大的道德力量战斗。

紫禁城里的龙椅就这么空着，大明王朝的最后一位皇帝死了，这个统治了中国276年的政权瓦解了。

起义军领袖李自成从陕西到北京，一共走了14年，他攻进了皇城，逼死了崇祯，却兵败山海关，最终离奇被杀，他的悲剧不是失败了，而是差点成功了。

冥冥中遗漏的环节，让他与帝王至尊擦肩而过。

别让我知道得太多

就说说我今天都干了什么吧：

上午，上网浏览信息；回邮件若干。

下午，上网浏览信息；阅读电子书若干本。

晚上，读完了一本管理书；构思一篇文章，无果。

当我写下这些总结性文字的时候，内心是多么惶恐、焦虑、沮丧啊。一辈子，大约三万天，三万分之一就这么永远地没有了，我真不知道，这一天有什么收获，意义何在？无论如何，这一天没有了。

如果要形象地描绘这糟糕的一天，我觉得自己像块海绵，胡乱地把一滩又一滩芜杂的信息吸进身体里，虽然看上去饱满了，可只要扭扭腰甩甩屁股，又什么都没了。所以，当我试图总结收获的时候，才发现自己什么都记不起来了。

那么，我究竟为什么会花掉将近一天的时间上网、读书，也就是获取信息呢？情况是这样的：每天早上，走进办公室，开启电脑，照例打开常去的网站——这已经成为一种习惯，就像每天起床后会刷牙、洗脸一样。我从来都没问过自己为什么要这么做。如果有事，就在这些网站稍微逗留一会儿，然后自觉关闭；不过，今天没什么事（当然，事情是永远做不完的，所谓没事，就是没有需要立刻完成的事情），所以整整一天，眼睛基本上就停留在这些网站上了。我接二连三地点开了链接，囫囵吞枣地扫视着上面的信息。这些信息掺杂着广告，还有很多是无聊的八卦，绝大部分是真伪难辨的道听途说。我的眼睛被各种极具蛊惑力的标题和图片吸引着，眼睛告诉大脑，大脑又命令手指不停地点击着鼠标。我被网络的万花筒迷住了，不知不觉间，一上午的时间就消耗殆尽。下午的情况也好不到哪里去。

直到我关闭电脑，从信息的世界脱身出来，才意识到这种状况有多糟糕。我后悔了——整整一天的时间，只是吸收了一箩筐的垃圾信息，这是什么事啊！我的焦虑症又复发了。

每一天都是不可挽回的，总得做点有意义的事情吧。比如写一篇满意的文章，比如读一本精彩的书，比如看一部有所触动的电影，比如和朋友就某个问题交换了看法、互相启发了一番，比如在某件小事中得到了新的感悟，比如深化了对某些道理的认识……然而，我浪费了一天的时间，却没有得到一丁点儿意义。

其实，何止这一天啊！昨天，我不也是这样过的吗？前天，我不也是这样过的吗？大前天，我不也是差不多这么过的吗？……我不敢再追溯下去了。

现在很流行"控"这个词——微博控、豹纹控、丝袜控……意思大概是：不可救药地迷恋，自己的意志完全被身外之物控制住了。我绝对算是"信息控"，被乱七八糟的信息控制了。

我之所以这么说，是有进一步的证据的。比如，即便我有事，而且这事还很紧急，我也会每隔一段时间就不自觉地打开某网站，习惯性地用眼睛搜寻着感兴趣的字眼。比如，每隔半小时我就会收一次电子邮件，就像生物钟一样，根本不用提醒，每次都特别准时，虽然大多数时候，只能收到几封垃圾邮件，但我依然雷打不动、乐此不疲。比如，只要稍有空闲，我就会去交流群里看看大家的聊天记录，虽然这些发言与我压根没有半毛钱的关系，但我还是会一字不落地翻看。比如，即便是在聚精会神地开会或者听讲座，也会时不时拿出手机看一看，如果长时间没有接到电话或者收到短信，心里似乎还若有所失呢。比如，很多时候，我会去翻找联系人，随便逮着一个，然后没事找事地和他（她）胡侃一番。

上述这些无聊事迹，绝不是因为闲得蛋疼——那么多有意义的事情要做，哪有时间疼啊！实在是因为自己被控制住了。说得严重一点，就是患上了信息强迫症。

患上这个病究竟有什么坏处？我想以自己为例子来说一说这个问题。

我在美院进修的日子，身处在信息稀薄的空间里。那时候，我一个人住在学校的宿舍，宿舍里没有电视也没有网络。很多时候，从走廊的一头望向另一头，看不见一个人影也是很正常的现象，整栋宿舍楼里压根就没住几个人。这栋楼太破旧了，爬山虎在墙壁上覆盖了一层又一层，水渍和锈迹就像无可救药的老年斑。没有人知道这栋楼的年纪，它看上去老态龙钟，半截身子都埋进了土里。

每天早晨，我从逼仄的楼道里走出来，穿过一片茂密的白桦林，来到教学楼。课程的内容大部分是画静物和室外写生。下午三四点，我回到宿舍，继续画画。有时候我去图书馆阅览室看看电影杂志，虽然自己已经很少看电影了，但还是喜欢看电影杂志。如果看到喜欢的书，那就借回宿舍，每天只看三四页，要是一下子看完了，就会再度遭遇无书可看的情况。天气寒冷的晚上，我早早地躲进被窝，听到肆虐的风贴着窗台呼啸而过，想想自己拥有温暖的被窝，我觉得很幸福。

有人向我请教战胜寂寞的方法，可是，我从来都没有战胜过它，我只是努力与它和平相处。不，我觉得我其实是爱上了它。寂寞有什么不好啊？在寂寞的光阴里，我感觉到自己的内心填满了柔软的情感，外界的任何风吹草动都能轻易撩拨到情感的琴弦，从而滋生出更多的情感。我的神经四处蔓延着，细密而敏锐，能感知到微小的涟漪。我的感情和思想很容易被触发，一个词，一句话，一个场景，一个眼神，一次相遇……都可能触发开关，使自己的内心荡漾起来。虽然表面的生活看上去稀薄而乏味，事件的密度很低，但内心的世界就像一个反应激烈的发酵容器，里面温暖、丰富，不断有新鲜物质生发出来。

因为获取的信息十分有限，我就能把这些信息存储到大脑，而且时常反刍，温故而知新，信息也得以融入自己的血液，或多或少地影响着自己的行为和思想。因为信息是有限的，而且是我自己主动去接收信息的（不是被动填塞的），所以思绪能够保持宁静。

这一切在信息爆炸来临的时候不复存在了。如今的我，几乎天天上网，即便出差在外，也会通过智能手机上网；电话当然是 24 小时待命；每天都要与很多人交谈；阅读的信息更是数不胜数——制度、方案、电子邮件、合同、公文、短信、新闻、电子书……用大海来形容我们所处的信息环境，我觉得一点也不为过。我们在信息的汪洋大海里挣扎，弄得自己身心疲惫。

我发现自己的阅读耐心越来越差，不喜欢长篇大作，总是一目十行，阅读的内容越来越碎片化，更青睐于读图；就连排版不够宽松，文字太挤太小的内容，也会被轻易放弃。绝大多数情况下，我是被动接收信息的，在阅读之前，我完全没有目的，不知道自己需要什么样的信息，只是由着自己的喜好随意地阅读。虽然这些信息来势汹汹，而且泛滥成灾，但是我怎么也记不住。要命的是，这些纷纷扰扰的信息总是扰乱我的方寸之心，使得我常常不得安心，很难聚精会神地思考问题。

我决定彻底改变这种糟糕的现状——拔掉网线，合上电脑，关掉手机，逃离信息的海洋。诸位，没事别找我，有事更别找我，我要过挑水砍柴、读书写字的清静日子。

上帝徜徉在格子间

CBD 这个不知道能不能称为词的词，最近很流行。我查了一下，中文的意思应该是中央商务中心。这里就是这个城市的中央商务中心，而中心的中心是两座一模一样、一左一右的高楼，它们有一个好听的名字：双子楼。我上班的地方，在双子之一的 17 楼。

我想说的，不是 CBD，也不是双子楼。环绕双子楼的一条路，叫金山路。每天中午吃过饭，我会在金山路走一圈，如果时间允许，就走两圈。

公司搬到这里，两年有余，在金山路，除了人来车往，还有一些其他的人和事是我不容易忘记的。

那天，我站在路口，与朋友在电话里探讨新选题。突然，尖锐的刹车声和沉闷的撞击声扎进了我的耳朵，我身体一颤，对着电话说："糟了！"朋友问："怎么了？怎么了？"目睹眼前的一幕，我已经说不出话。

　　一个女子躺在了离银色轿车差不多五米远的路边，轿车停在路中央。此时，我与车的距离差不多是五米，而那个女子，就在我的脚边。我低下头，她已经不动了，鼻子、眼睛、嘴巴都流出了血，很快就流到了地上。她的裙子掀了起来，暴露出紫色的内裤；她的黑色高跟鞋有一只已经不在脚上了；白色衬衣沾满了路边的污水；她手指上涂着淡粉色指甲油，手指纤细，皮肤白净。这个穿着工作装的女子，就在前几秒钟，还是青春、美好的，而此刻，她是一朵凋零的花。司机惊慌失措地从车里出来，一个男子悲伤而愤怒地冲着司机吼："你慢一点会死啊！"

　　慢一点不会死，可是快一点，却有人要死了。

　　金山路的南端，是一小片樟树林；树林的南端，是一大片荒地。荒地被一道形同虚设的铁丝网围着，有人在里面玩现实版的"偷菜"。在寸土寸金的 CBD，这片荒地的存在纯属意外。

　　我在樟树林遇见了那个女孩。她穿白色连衣裙，帆布鞋，长发如瀑。她在哭，她走得并不快；一路上，她都在哭；自始至终，她一直在哭；她没有接电话，也没有随行的人，她一个人独自哭；我们迎面，然后擦肩，最后渐行渐远，她旁若无人地在哭。在她的世界里，只有悲伤。泪水挡住了她的视线，她其实已经看不清这个世界了。

一个女孩，看上去似乎还应该在读书，或者最多刚刚毕业，脸上稚气未脱。这个年纪，应该笑靥如花才对，但是，她哭得那么伤心。

当我走过荒地的时候，突然意识到自己的矫情。我问自己：有必要吗？一个素不相识的哭泣的女孩，你有必要这么莫名其妙地触动吗？于是，我难为情起来。从金山路的起点绕到终点，进了双子楼——上班的点到了。

我不是总一个人在金山路上闲逛。只要放得下先生在公司，我们就会一起出来逛。他跟我说：以后咱们一起放风的日子恐怕不多了，我想隐居。还没等我的想象力从"隐居"这个词上离开，他又说：我在包山禅寺附近的村子里租了一套老宅子。我问：你已经租了？他说：租了，东西这两天就搬过去。这还叫"想"吗？明明是已经开始隐居了。

然后，放得下先生就隐居了。住在遥远的包山禅寺附近的村子里，基本不出村，偶尔出门。他在网上买的书，因为快递无法送达，就由我代收，他不定期来取。他穿藏青长衫，头戴一顶棉布小圆帽，像是从历史书里走出来的古人。看到他闲云野鹤的样子，我惊讶地问：你怎么就做到了？他说：怎么就做不到了，你也能做到，只要舍得放下。

没错！只要舍得放下，还有什么事情不能做？我们本来就一无所有，至于丈夫、妻子、父亲、母亲、会长、经理、所长、局长、企业家……这些贴在身上的标签，是后来才逐渐拥有的。不过，我们在"拥有"的同时也"被拥有"，为了保持这种关系，很多时候不得不以牺牲自由为代价。

聪明的人意识到：自己正成为"拥有"的奴隶。为了重获自由，他们选择了放下。放下当然不是一件容易做到的事情，所以，芸芸众者在拥有和放下之间纠结。有的人放下了，又发现伴随自由而来的是难以承受的失落和虚无感，终究还是放不下。于是，我向放得下先生说出了自己的困惑：为什么要放下，又为什么放不下？

放得下先生回答：拥有就心安理得地拥有，放下就心安理得地放下。他又捋了捋胡子，笑着补充：你懂的。

放得下先生毅然决然地隐居了，于是，闲逛的伙伴变成了好迷惘美眉。

穿过樟树林和荒地，你就来到了 CBD 最大的广场。每逢重大节日，广场上会来三五个工人，用花卉拼出口号和图案。大多数时候，是各色商家在广场上折腾。他们把促销的商品和宣传广告搬到广场上，然后卖力地招揽顾客。有人在临时搭建的平台上摆姿势、摆造型，有人把印有广告的餐巾纸包塞给你，他们说走过路过别错过。

好迷惘美眉和我走到广场的时候，他们已经偃旗息鼓了，一群年轻女子穿着不合身的艳色旗袍，东倒西歪地坐在平台上，有人闲聊，有人玩手机，还有人靠在台阶上睡着了，她们的脸毫无遮掩地暴露在阳光下，厚厚的粉黛也掩盖不了疲惫和瑕疵。

好迷惘美眉突发感慨，说：我年轻的时候，跟她们一样，做过很多很多很多没什么意义的事情，其实，再想想，貌似现在自己做的事情也没有什么意义，意义究竟是什么玩意儿哟？

哎，文艺大龄女青年的没事找抽综合征，又在她身上犯了。我于是反问：你现在不年轻吗？动不动就说

"我年轻的时候"的人，都是抓着年轻的尾巴、在心里还是以为自己年轻的人。有朝一日，等我们真的老了，就绝对不会再去触碰"年轻"这个说起来都会疼的词了。

我向来不敢轻易同情别人，因为觉得自己没资格。富人才有资格同情穷人，内心强大的人才有资格同情脆弱的人。我何德何能，有什么资格同情广场上的"她们"。

"意义"这个词，是愚蠢的地球人自己造出来折磨自己的词汇（咱火星人才不这样呢），没有实质的含义，所以，根本就没必要去纠结它是个什么玩意儿。

但是，好迷惘美眉执著地说：我们应该去做更有意义的事情。

我问：你想做什么事？

她想了想，说：比如旅游。

旅游为什么就有意义了？

我也不知道。

那既然觉得有意义，为什么不去做呢？

没时间呀。

借口！怎么可能没时间？每个人每天不都有 24 小时吗？上帝又没剥夺你的时间，让你一眨眼就看到天黑。

好迷惘美眉抓狂了。

你看看，其实我们一直糊糊涂涂地活着，不知道自己想要什么，"隐约"地以为另一种生活会更好，却从来懒得改变现在。

我想到了一个故事。故事的大意是：一个乞丐遇到一个算命先生，乞丐问算命先生：我会有富裕的那一天吗？算命先生看了他一会儿，郑重地回答：不会有的。乞丐失望而惊讶地问：为什么？算命先生答道：因为你已经习惯了贫穷。

穿过广场，就来到双子楼了。好迷惘美眉看看表，说：上班的点到了。于是，我们像诸多进出格子间的白领、金领一样，抖擞精神，重整衣冠，一本正经地走进了那个叫职场的地方。站在冉冉上升的透明电梯里鸟瞰繁华的CBD，突然发现世界好大，而自己好小。

有时候，生命是用来浪费的

路过了不知道多少次，终于还是决定进去坐一坐。

从停车场到办公楼，步行大约需要六分钟。每天上班、下班，上班、下班，从这条路上走过，知道有一家叫"半杯茶"的店，但半杯茶是卖茶叶还是让人喝茶的地方，我没有考虑过。时间总是有限的，如果不小心花费十分钟才走完这条路，也许就麻烦了。

我刚刚从客户那儿赶回来，有一大堆的承诺需要兑现，而且越快越好。我本打算用六分钟把这条路抛在身后，可是，我微扬着头，透过玻璃看到在半杯茶的二楼，一个女子窝坐在藤椅里，正把手里的书合上，然后拿起陶制的小茶杯喝茶。她的姿势闲散又慵懒。我突然意识到，玻璃背后的小天地里，氤氲着一种从容的气质，而这气质不正是自己喜欢的吗？于是，在路过了不知道多少次之后，终于决定进去坐一坐。

招待我的是位穿白衬衫、帆布鞋的姑娘。她细声问我：您需要什么？

我还没想好，就问她：你们店是卖什么的？

姑娘看了看单子，突然笑着说：其实，我们是卖时间的。

她的回答美妙极了。那么好吧，就来半杯茶，我要买半杯茶的时间。

按理说，世上不该有这么巧的事，可事实上就有了。当我在某沙龙上收到她的名片后，惊讶地喊：你就是半杯茶的掌柜！她一愣，眼睛里写满了问号：对啊，没错，在下正是，您知道半杯茶？

我这才意识到刚才的反应过激了，有失中年男人该有的沉稳和风度。我调低了语音，淡定地说：是呀，我去过半杯茶，蛮喜欢的。

她笑道：谢谢，你真心喜欢吗？

我点头。

然后，她说：那我们是自己人了。

我以为她会说谢谢，但是她说：我们是自己人了。她的回答没有套路，出乎意料，我太喜欢了。我们的友

谊像火箭升空，省去了你来我往的冗长铺垫，一步就到了月亮绕着地球转的自然状态。瞧，我们多么随便啊！但这有什么不好？

第二次见面，我们就成了无话不谈的朋友。我问她：半杯茶是怎么来的？

她说她原来是平面模特，就是给电商当衣服架子。每天挤公车赶两三个场子，忙得连从容地喝一杯茶的工夫都没有；自己淹没在汹涌的人潮里，被无形的力量推搡着、裹挟着东奔西走；很晚回到家，累得不想做饭，闭上眼睛就沉入梦乡。这不是她想要的生活，于是就用攒下来的钱开了半杯茶。

她说：在忙碌的生活和工作的间隙，我们起码要舍得浪费半杯茶的时间，安静地坐下来，享受人生。

曾经的下属积极向上小姐升职了，她发来短信，说：特别想请你吃饭。

我编了一个委婉的理由，然后说：不了。

她回我：大家都来哦，你总不能缺席吧。

我说：你别安排我的位置，我就不缺席了。

积极向上小姐是那种永远都"正能量"的人——公司的新制度怎么样？不错啊，我认为能有效地提升团队绩效。新来的主管为人怎么样？挺好啊，跟他谈话总是受教很多。新项目做的还顺利吗？很顺利啊，客户非常满意。经常加班觉不觉得累？不累啊，工作被一件一件完成会很有成就感……

其实，我特想跟她一起说说某个人的坏话，抱怨一下公司的某些做法是多么不得人心，义愤填膺地一起痛骂某个难缠的客户，东拉西扯地聊聊生活的不容易，穿插着讲几个雷死人不偿命的冷笑话，可是，她永远都说：不错啊，很好啊，棒极了，实在太好了！她站在干净明亮的阳光里，没有阴影，三百六十度无死角地积极向上。

公司组织全体员工外出旅游，积极向上小姐坐在我旁边，一路上，她虚心、真诚地向我请教工作上的问题。其间，她还给两家客户打了电话，修改了一份方案。到了服务区，我下车吃饭，同桌的所有人都一脸鄙视地对我说：你扫兴不扫兴，难得出来嗨皮一下，你竟然在车上拼命聊工作！我无辜地瞄了一眼邻桌的积极向上小姐，她正端坐在桌旁，脸上挂着招牌式的官方笑容，我仿佛听到她脆生生地说：不错啊，很好啊，棒极了，实在太好了！我自惭形秽地低下头，不想为自己的扫兴解释了。

再次上车后，我拿出"上司"的幌子，硬是抢来一个位置，不再与积极向上小姐同坐。我担心激怒了群众。

好吧，我承认，在感情上，我怎么也不能与积极向上小姐亲近，她是绝佳的伙伴，却不能做朋友。朋友在一起就应该肆无忌惮地八卦吐槽抱怨愤怒死皮赖脸，不会在旅游大巴上还谈工作。

有时候，生命是用来浪费的

我有权选择不成功

在偌大的会议室，客户放了一段他们的宣传片，其中有这么一个片段：

在熙熙攘攘的公交车站台，两位摩登美眉都在等车。巴士终于晃晃悠悠地开了过来，靠边停车，打开了车门。众人一拥而上，摩登美眉也在此列。其中一位美眉使尽浑身解数，把涵养和气质踩得粉碎，费了老鼻子劲，才挤上巴士，占据了一席之地，她的嘴角掠过一丝微笑，但她的发型和妆容都在刚才的推搡中被摧毁殆尽，模样儿惨不忍睹。

另一位美眉的遭遇是这样的：她在一开始就被众人排挤到了边缘，然后怎么也找不到一条缝儿再插进去了。她扬起头瞧了瞧明晃晃的阳光，自暴自弃地吐了一口恶气。正当她不知所措的时候，一辆屎黄色跑车呼啸而来，一位戴着大墨镜的帅哥探出脑袋，温柔地对美眉说：嗨！帅哥的鸡冠头像极了牛仔们偏爱的老式左轮手枪。美眉环顾左右，然后决然地跳进跑车，绝尘而去。

看完片子，客户又开始了寒暄，我却在心里嘀咕着：选择这回事，还真他妈的挺重要！

我读高中的时候，班主任是英语老师，她对学生格外负责，对我好像也特别关照，但我的英语成绩一直很差。这么说有点乱，它们之间的逻辑是这样的：因为班主任的格外认真和照顾，又因为我的英语格外蹩脚，所以，英语就给我的人生制造了一场前所未有的灾难。

你可能觉得我是在危言耸听。那么，我就先来解释一下自己的英语水平究竟烂到何种程度。我上大学时，英语四六级考试，听力题是要戴耳机听的。有一次，女朋友在临考前检查我的耳机，发现里面竟然没有放电池，她当时急坏了。我却完全没当一回事，因为，我压根儿就用不上那玩意，它自始至终都是没放电池的。听力题基本靠蒙，选择题基本靠猜，作文题基本靠抄（抄阅读理解题里面的句子），这就是我当时的真实状况。

有一天，班主任带我到办公室，啥话也不说，把我晾在一边，顾自忙活。忙完了，她就盯着我看，还是一句话不说，就是盯着看。她的眼睛里迸射出莫可名状的光芒，我完全解读不出她的意思，所以觉得毛骨悚然。她看了一会儿，说：我就是搞不懂，你的英语怎么能那么差劲？我如释重负，心想：原来为这事。不过，我能感觉到班主任的迷惑不解。她看我的神情，就像有个孩子告诉她：昨天晚上，三个面目模糊的人劫持了我，其中两个人叽里咕噜地说了一堆鸟语，另一个人用地球语说，我们来自火星，很荣幸，你被选中了，然后他们给我打了一针，我迷迷糊糊就不省人事了。显然，我现在就是那个孩子，而班主任坚定地对我说：我不相信！她不相信我的英语"怎么能那么差劲"。

之后，她在我身上实施了一个伟大计划。每天中午，其他同学兴高采烈去用膳，我却被扣留在办公室的走廊里，更要命的是，我还得大声朗读英语单词和课文。班主任坐在里屋，不时提醒我：声音怎么低得像蚊子啊？为了尽早吃到饭，我不得不把音量从蚊子级提升到苍蝇级。其他老师进进出出，还不忘与我打招呼，他们说：哟，是你呀！

就是在那个时候，我意识到英语这玩意，正深刻地影响着自己的世界观和价值观。我其实不讨厌英语，也非常喜欢我的班主任，她穿裙子的时候很好看，她的女儿很可爱，她抱她女儿的时候完全是我想象中伟大母亲的样子。我对那些能把英语说得倍儿顺溜的同学羡慕不已。但我真的感到很悲哀。我付出了巨大努力，试图把英语水平提升到一个正常的位置，终究未遂。如果我的英语成绩没那么蹩脚，哪怕只是达到一个还过得去的水平，那么，现在的我就不是现在这个样子。

说了这么多，其实想表达的意思是：我们哼哧哼哧地用功，只是把自己的水准提升到一个正常的位置。每每想到这件事，我就觉得好烦啊。

嗲死了小姐是我的同事。有一次与她一起外出，走至停车场，她在门口等，我进去把车开了出来。车停在嗲死了小姐身旁，她却迟迟没上车，我正纳闷呢，就听到她隔着车窗大喊：你竟然不下来给我开车门！我虽然觉得莫名其妙，但还是挂到停车挡，拉上手刹，然后下车给她开车门。重新上路之后，嗲死了小姐还批评我说：你怎么一点儿都不绅士啊！我当时非常惭愧地"哦"了一声，但心里总觉得有什么地方不对。我抬眼看了看后视镜，嗲死了小姐正对着小镜子补妆呢。

我想起大学时代，图书馆里借阅率最高的书，是诸如"成功男人必修的 66 项素养"、"淑女快速养成术"

之类。这些书被翻得毛毛糙糙，真的被读"破"了。如此看来，在我们身边其实潜伏着许多希望做成功男人和淑女的人士。嗲死了小姐一定名列其中，不然，她怎么会那么大声那么理直气壮地让我给她开车门，还批评我不绅士。显然，她以淑女自居。只有绅士才配得上淑女，而淑女必须得有人屁颠屁颠地给她开车门，最好有人用手护着她的脑袋，把身体弯成月牙儿，毕恭毕敬地说：请，我的天使。书里明明这么写着呢！可是，我横看竖看、上看下看、左看右看，就是没看出嗲死了小姐的淑女气质。

如今，我们特别看重成功，还专门以此为学问。渴望成功人士喜欢抱团，大家一起打鸡血，然后高喊：一、二、三，成功，你好，好，很好，非常好，越来越好，耶！喊声震天，群情激昂，那架势好像要撼动日月乾坤。这时候，即便有人在心底窃窃地想：我为什么一定要成功呢？这种微弱之声必然会被不容置疑的强大气场消灭掉。说真的，一只特立独行的猪不好当，不仅需要勇气，而且还得做好随时牺牲的准备。要知道，那个引领大家振臂高呼的成功导师，对怀有非分之想的另类深恶痛绝。

我经常听到大人们这样教育小孩：要听话，不听话就打屁股！每每听到，我都觉得这种说法有点儿不对劲。直到后来，我看见一名丐帮会员在马路边训斥他的儿子，嘴里也说着：你怎么能不听我的话！我如遭雷击，心里窃想：天哪，要是你儿子对你惟命是从，长大了岂不是也要加入丐帮，过沿街乞讨的生活？混得好，兴许也能荣升帮主，划地称王吧。

　　小孩不听大人的话，大人就可以挥棍子打屁股，这也算是握有话语权。只是这权力未免太粗暴了，没有和小朋友们商榷，更没有获准他们的同意。我的班主任也有话语权，她可以强令我在走廊高声朗读英语。虽然他们的初衷都是"为你好"，结果却是"你未必好"。所以，我现在对那些叫嚣着"必须成功，否则自宫"的人怀有警惕。我虽然也觉得成功是一件美事，但更清楚地意识到：选择不成功也是每个人不容侵犯的权力。

　　现在，让我们回到本文开篇的宣传片。那位没有挤上巴士的悲摧美眉，却意外地拥有了别样的收获。人生就是这样，拐角处总是不能预知祸兮福兮。当年，我无限绝望地在走廊里补习英语，却不曾料想自己在其他方面拥有天赋。成功的反面，未必就是不成功，也可能是柳暗花明、别开生面的人生。

你好，身体

也许是以小人之心度君子之腹了，我总是不能相信世上存在"伟大"的人。我窃窃地揣摩他们的私心，给他们的伟大行为寻找卑微的动机。在我的字典里，卑微这个词没有贬义，恰恰相反，卑微的才是真实的。芸芸众生间，我只喜欢寥寥几人；在几人之间，我只爱自己的亲人；与亲人相比，恐怕我最爱的人是自己。我的爱自私、狭隘，我自己也耻于承认这一点，可事实不过如此。

"爱你一生一世"这样的鬼话，也就只有热恋中的红男绿女才会相信了，爱撒谎先生深情款款地说出这句话，易相信小姐信以为真。那时候，他们是如胶似漆的恋人，说尽了山盟海誓的话，唱完了风花雪月的歌，然后迎来了柴米油盐的日子。和大多数人一样，婆媳关系，苦逼工作，人情花销，拌嘴吵架……一个也没有少。

这不，易相信小姐又因为爱撒谎先生在她刚拖好的地板上留下脚印而喋喋不休。爱撒谎先生正为糟糕的工作成绩而苦恼，他不耐烦地让妻子闭嘴。易相信小姐被丈夫的不耐烦激怒，于是变本加厉地吵闹起来。爱撒谎先生木然地看着妻子，曾经的端庄典雅、温婉贤淑变成了现在的刁蛮无理；而在易相信小姐眼里，丈夫对她的千恩万宠早已荡然无存，取而代之的是麻木不仁和听之任之。神马都是浮云，大概就是这个滋味吧。当爱已成鸡肋，再想想"爱你一生一世"的谎话，先生和小姐都不再相信爱情"伟大"了。

如果非要揭穿，那么，我想说，爱情就是男女之间那点新鲜劲儿——两情相悦时的暧昧；肌肤相亲时的悸动。爱情的花朵开得娇艳，保鲜期却很短。分手时把理由说得冠冕堂皇，骨子里不过是喜新厌旧罢了。人心道破了，还真是不堪。

爱撒谎先生的精神出轨了，身体也紧随其后。像烂俗小说里写的那样，爱撒谎先生偷偷摸摸地制造着新鲜感，与另一个他未曾彻底阅读的女人谈情说爱。暧昧，

你好，身体

挑逗，牵手，接吻，上床，在逐步推进的过程中，爱撒谎先生果然尝到了久违的爱情滋味。他知道自己在玩火，可是，身体受到了蛊惑，他无法驾驭。身体饿了，我们得喂它饭吃；身体渴了，我们得给它水喝；身体病了，我们得送它去医院。总之，我们得好生伺候着它。如今，爱撒谎先生的身体需要接触另一个新鲜的身体，这种需要是如此强烈，不容许他说"不"字。在身体的命令下，爱撒谎先生甘冒风险，不惜折腾，勇往直前冲破了道德的樊篱，义无反顾地扑向情人的百褶裙下。

"爱你一生一世"简直是一个残酷的冷笑话。信誓旦旦的情话被身体的原始需要击得粉碎。爱情从来不伟大。

有段时间，爱撒谎先生对身体惟命是从，他不假思索地快速满足了身体的需要，可是，快乐却没有如期而至。

这一晚，爱撒谎先生告别情人独自回家的时候，夜已经深了，路上寥寥的，很少能看见车，昏暗的路灯光像恹恹欲睡的眼。爱撒谎先生开着车，想到自己奔波一天，只是做了与情人幽会这种见光死的事情；一个有家室的男人，背着妻子与别人苟合——这多龌龊啊！他没有离婚的胆量，与情人不伦不类的感情，注定不会有结果。当然，他没打算要什么结果，本来就是为了"尝鲜"的。可是，为了满足身体对新鲜感的需要，他辜负了一个女人，玩弄了另一个女人。他越想越觉得自己狼心狗肺，他从心里鄙视自己，嫌弃自己。当身体如愿以偿之后，随之而来的却是精神上巨大的空虚感和萦系不散的负罪感。

爱撒谎先生回到家，打开家门，刚刚会说话的儿子愣愣地看着他，又开心地笑出声，跑过去要他抱；妻子坐在沙发上叠着衣服；电视里传出熟悉的广告语；鱼缸里的热带鱼一如既往地游来游去；屋里弥漫着饭菜的味道。冲出樊篱的爱撒谎先生回到了笼中，突然意识到这里才是安全的，才有问心无愧的简单快乐。

自由，从来都是有约束的；身在红尘，就不可能摆脱人身上的"社会性"。我们虽然不会为伟大的意义而活，但毫无节制地满足身体的需要，只会无可救药地陷入自暴自弃的境地。我无意探究道德层面的话题，但是，摆正身体的位置真的很重要呐！因为快乐是——

你好，身体，咱们平起平坐；而不是，身体高高在上，你惟命是从。

你好，身体

追求对自己来说的完美

高手在民间，这句话不假。我看豆瓣书评的时候，就发现里面藏龙卧虎、高手如云。许多评论文章其实是质量上乘的随笔，远胜于所谓的名家手笔和炒作的畅销书。除此之外，我还发现任何一本书（请注意，是"任何"），有人拍手称好，就有人嗤之以鼻。叫绝与口水齐飞，好评共差评一色。于是，我在心里暗暗得出这样一个结论：没有什么所谓的完美。我相信，随着科学技术的发展，人类站在地球上凭空把自己拔起来，这种事情早晚会实现，但我同时也坚信，写出一本获得"一致好评"的书是绝无可能的。

码字为业的朋友们都说：自己满意的作品也许是"下一本"。就像"明天"是一个永远不会被兑现的词一样，"下一本"也是一个让人绝望的词。朋友们这么说的时候，我还觉得他们虚伪而矫情，心里窃窃地以为，功夫下足，难道就写不出一本自己满意的作品吗？后来我明白了，这确实做不到。因为随着时间的推移，人总会生发出新的想法和情感，看到以前写的文章，总忍不住东删西改，而且这是一个不可能结束的过程，今天的完美作品，放在明天看就可能有瑕疵。

于是，我得出了这样的结论：我们永远也创造不出令自己、令所有人满意的完美作品。

我后来读到王小波写的一篇文章，这个有趣又真诚的家伙在这篇文章中谈到自己写小说的一些经历。有一篇小说，他写了七年，数易其稿，终于觉得完美了，完美得不会再修改一个字了。他在这篇文章中写道："这说明小说有这样一种写法，虽然困难，但还不是不可能。这种写法就叫作追求对作者自己来说的完美。"我被这家伙的这个说法感动了，而且很受鼓舞。假如一篇小说，融进了作者七年间对生活的思考和感受，我想，这作品已经够分量了，再多的话，读者解读起来就费劲了。

我的念头陡然一转，心想，因为众口难调，所以干脆就别妄想创造出让所有人喜欢的东西，我们能做到的，是让自己满意；因为自己是变化的，对作品的挑剔永无止境，所以也不要妄想写出让自己一直满意的东西，我们能做到的，是让自己在某一段时间内感到满意。这话听起来很拗口，一言以蔽之：我们可以而且只能创造出让当下的自己觉得完美的作品。如果这么来定义"完美"，那么，这样的完美是可以被成就的。

这不是一种退而求其次的低标准，而是我们所能达到的最高境界。我当编辑的时候，许多作者把文稿发给我。他们总不忘留一句话：你先看看，觉得可以我再完善。我不敢辜负他们的信任，一篇篇打开，却发现文稿格式凌乱，标点不准确，不时出现错别字。我实在不想浪费时间看下去。记得有位作家在回忆录里说过，他在电脑上写文章有个习惯，就是不喜欢让标点符号出现在最后一格，每次碰到这种情况，他都会调整字句，把标点符号换个位置。虽然他明明知道文稿在出版时会被重新排版，标点符号的位置也会有变化，但他依然那么做。这种近乎洁癖的习惯，本质上体现了作者对作品的一种高标准的追求。我相信，出色的写作者都患有文字洁癖症，而一个随便对待自己文字的写作者，我不敢对他们的东西有过高的期待。有些作者追着我，问审稿的结果，我委婉地告诉他们：请再完善一下，先说服你自己，然后再来说服我。他们"哦哦"地答应着，可惜，真把这些话当一回事的人却没有。

我想，这个道理，其实有着更广阔的适用范围：当你试图说服别人的时候，请先说服你自己。如果连你自己都不觉得完美，那还怎么奢望别人会喜欢呢？

追求对自己来说的完美

我知道
没有人值得我羡慕

无家可归的荷尔蒙

早晚有一天，把自己交出去

时间是傍晚。我独自一人，刚刚抵达这个陌生地方。会议在明天举行，所以，今天晚上是我的。我很自在。这个地方号称这座城市最美的去处，事实上，也确实是。我甚至觉得这是我所见过的最美的去处。我沿着并不宽阔的坡路往上走，道路两边是高耸而葱郁的树木，树木掩映之下，颇有格调的小洋楼错落有致地一字排开。树木和房屋的共同背景是墨绿色的山峦。摆出忧伤的四十五度角，就能看到连绵、规整的茶树地。如今，正是采茶时节。天气正好，不冷，不暖。早晨和傍晚时候，只需要多披一件薄外套。路上没有什么人，穿着开裆裤和宝宝衫的小孩在门口玩耍。黄毛狗趴在新采的茶叶旁边，一副很慵懒的德性，见到陌生人也不搭理。我微微仰起脸，撞到了干净的绯红色夕阳。天空被晚霞染成了红色。那一刻，我突然觉得这个地方适合诗人居住。在我的有生之年，与美妙时刻相遇为数不多，而那一刻便是其中之一。这个地方，让我意识到生活可以是舒适并且富有诗意的。

还有一次，也是因为工作，我住在了外地。那是一个古旧、娴静的小镇。入住的客栈，由砖木结构的老式民宅改造而成。我的房间是向阳的阁楼。露天阳台与后山只有一步之隔。茂盛的树木把枝丫伸到了屋顶。晌午的阳光透过层层叠叠的树叶，投射在房间的木地板上。一阵风吹过，树叶摇晃，光影迷离。我懒懒地窝坐在沙发里，随随便便、散散漫漫地想了点心事。想到此生有美妙时光可以度过，有好书可读，欣逢有趣之人，有好的故事可以经历，我高兴得快要舞之蹈之了。

我以前喜欢热闹，扎在市井生活里，向往琳琅满目和五光十色的物质世界。现在的我正好与此相反，那些安静、古旧、柔软和悠长的事物，才会令我心旌摇曳。前段时间，有一个讨论古建筑保护和城市规划的会议，某局长大人发表了一番高论，畅谈新时代新城市的风尚和雄心壮志。他坐在嘉宾席，我正好也在此列。关于如何装点生活，美化环境，我心里是有些想法的。不过，由于看待问题的角度不一致，我的想法，也许在别人眼里简直浅薄无知；而且，我也不能确定自己的想法究竟能代表多少人。所以，当主持人把话筒递过来的时候，我就说了些"欲练此功，必先自宫；如若自宫，也未必成功"的中庸之论。我自认为不是模棱两可的人，之所以保持缄默，是因为：我喜欢小桥流水老树昏鸦，别人也有权迷恋摩天大厦，喜欢这件事，本是私事。世界应该具有多样性，一味的阳春白雪，或者一味的下里巴人，都是对人类审美的戕害。

如今，我选择了自己想要的生活，并且愿意为之承担任何代价。这是一件颇为艰难的事情，能坚持下来，我还觉得蛮骄傲。沈从文先生有句名言，是这么说的："我行过许多地方的桥，看过许多次数的云，喝过许多种类的酒，却只爱过一个正当最好年龄的人。"无论如何，这句话听着就觉得很美好。我仔细琢磨其中的深意，略有领会：人，都有迷惘，都要经历许多的人和事，提溜着无处安放的灵魂在熙熙攘攘的人群中游荡，早晚有一天，还是要把自己交出去。至于究竟交给了什么东东，那是相当的复杂。有人交给了事业，有人交给了爱人，有人交给了兴趣，有人交给了儿女，有人交给了琐碎的事务，有人交给了权力，有人交给了信仰，有人交给了组织，有人交给了主义，有人交给了诗歌，有人交给了金钱，等等等等。那些没把自己交出去的人，都难免虚无。

大而化之地讲，生活就是把自己交出去，交给这个，交给那个，非此即彼。我倒是希望一直沉浸在美妙时刻，把自己留在舒适和富有诗意的地方。只是我不敢停留，因为生活总会怠慢懒惰之人。想到伴随着贫穷而来的衰败和轻贱，我就麻利地绕道而行，避开良辰美景，义无反顾地奔"钱途"去也。

据说在某个岛国，人们走在大街上，脸上的表情有喜有悲，有颓废有幻灭有自私有谦逊，却少有慌张和焦虑，因为他们普遍实行终生雇佣制。这个制度的优劣，暂且置之不理。我想说的是：人们可以把一生托付给一个企业，无论如何是会让人感到心安的，免除了后顾之忧，所以多少能活得从容一点。在我们国家，也有很多人希望谋一份铁饭碗的工作，道理应该与此相同。由此可见，把自己的一生彻底交出去，对许多人来说还是蛮有诱惑力的。

话又说回来，毕竟，得以妥善地托付一生，只是极少数人享有的待遇。大多数人面临的问题是：究竟值不值得把自己交出去？因为大家也不知道自己的选择是对是错。这个问题想想就让人绝望。我们凭借的，就是那个叫"感觉"的玩意儿。感觉美妙，那就真的是美妙时刻了。

理想，是戒不掉的瘾

谁说理想不靠谱！

以前，我很喜欢上面这句话，说的时候带上感叹号，特别带劲。二十多岁的年纪，没醉过，不爆粗口，没在夜色弥漫的街头高唱"妹妹你大胆地往前走"，身上没点烟草和汗臭味，不忧伤不愤怒不叛逆，不跟朋友勾肩搭背奢谈理想，你简直都不好意思说自己是青年。理想是爹，理想是妈，理想是我的心疙瘩。那时候，最瞧不起没理想的同类了——连个追求都没有，不添砖不加瓦，来世上白白走一遭，干吗啊？

所以，当我听说了下面这个故事之后，甭提有多失望了。

故事是这样的：穷折腾先生三十出头，在某城市的

理想，是戒不掉的癮

某公司过着朝九晚五的生活，他是公司的中层管理者，薪水虽然买不起房，但养活一家人还是有点富余的。事实上，穷折腾先生已经有房子了，是父母在他结婚前给买的；车子是他自己挣钱买的。总之，穷折腾先生过得还算滋润。就是这么一个人，落在了芸芸众生里，普通，平凡，小日子过得波澜不惊——谁能说这不是幸福呢？

如果一切正常进展下去，穷折腾先生应该会耐心等待自己的孩子长大成人，关心妻儿的生活起居，对逐渐老去的父母尽孝，工作上尽责尽力，然后薪资和职位逐步上升，等待资历、经验和财富都足够了，或许会跳槽，或许是创业，无论如何，物质生活会越来越丰富。然后，他会退休，见证后辈们生儿育女，他将与他们共享天伦之乐，直到终老。这是一个看上去理所当然的人生轨道。

但穷折腾先生出轨了——别想歪，他没有发展婚外情，而是突然调转了人生的方向盘，偏离了那个理所当然的轨道。穷折腾先生说："我要做点自己想做的事情。"于是，他只身来到一个颇有文化底蕴的小镇，张罗起了一家小工作室。五十平方米的小地方，摆着他的字、画与核雕——也算是多元化经营了。

折腾了不到一年，工作室就关门大吉，因为他要

"安心写小说"。他搬到了一个几乎与世隔绝的村子里，继续做"想做的事情"。他终于写完了小说，但终于没有能够出版。他先是心灰意懒，然后愤世嫉俗，最后清高自赏。

他越来越穷困，自己几乎没有收入，妻子对他的鄙弃和厌恶与日俱增，争吵和咒骂成了家常便饭。他忍无可忍，终于在"知天命"的年纪离家出走，成了一个流浪的人。不久之后，他就死了。

还有一个故事，来自于一档烂俗的真人秀电视节目。节目的名字我忘记了，但故事我记得很清楚：

男主角有一个音乐梦想，他希望成立自己的乐队，出版专辑，在聚光灯和众人的瞩目下唱歌。虽然目前他孑然一人，只靠父母的资助，在阴暗的地下室捣鼓一把破吉他，但是，他相信自己终究会梦想成真，成为他想成为的那个自己。

女主角是格子间里的普通职员，朝九晚五，穿套裙和皮鞋，笑容明媚。故事的男女主角是恋人关系，他们两情相悦，同居在一起。

与所有的故事一样，波折总是在所难免——突然有一天，女主角说："我们分手吧。"她说这句话的时候，眼泪止不住流了下来,泣不成声。她那么爱他,可还是对他说了"分手"。男主角极力挽回心爱的恋人,于是,他报名参加了那档真人秀节目。

在节目上,我们从女主角的口中得知了她提出分手的原因:他们的爱情缺乏物质基础,她的恋人好像逐日的夸父,衣衫褴褛、穷困不堪却矢志不渝,可是,她想要的是有房有车的生活。她说,只要她的恋人放弃音乐理想,她可以回心转意。可是,男主角没有答应她。于是,有人劝男主角放弃理想,也有人指出现在潦倒的男主角不一定会一直潦倒下去(当然,也有可能会)。终于,最后决定的时候到了,所有的局外人都停止了争吵,凝神屏息等待着台上的男女说出是或者否。

女主角问:你愿意放弃吗?

男主角说:没有音乐,我会死的。

然后,女主角的眼泪再次夺眶而出,默然转身离场。

我对一位朋友讲了这两个故事,他听完后追问:你怎么评价这两个故事?我无奈地摇摇头,回答:我也不知道。我说了那么多话,铺垫了那么久,然后,没有然后了。

在路上拥抱光荣与梦想

如今，我不再傻傻讨论如何摆脱孤独或者焦虑的问题了。最近一段时间，我喜欢去公园里迎着阳光走一走。时间在午后。从商业中心出来，一路向东，穿过天桥，步行大概一刻钟就到了。周一至周五，公园里人迹稀少，所以能听到风吹过树梢的声音，还有鸟的叫声。我的时间只够逛公园的一半。有时候，我坐在河边的木椅上，茫然地看着水波荡漾，看着柳舞婆娑。我努力用第三只眼睛看自己，试图发现尚不为我所知的秘密。朋友不依不饶地给我发消息，她问我怎么摆脱孤独和焦虑情绪。我想告诉她：这世上没有人不孤独，也没有人可以对焦虑说再见，它们与生俱来，你能做的就是设法与它们和平共处。可是想这么说出来的时候，又觉得哪里不妥。我从天桥下走过，仰头看到西装革履、健步如飞、洋溢着一脸正能量的人士，真觉得颓丧是罪过。

有一阵子，我常常不能按时折返。坐在公园，听到自己的身体里发出微弱的声音，反而平静下来。有几次，与一位腿有残疾的人擦肩而过，我的眼睛看向别处，害怕他因为我的关注而感到不自在。不久前，我喜欢的一位作家去世了，他说过：人所不能者，即是限制，即是残疾。他生前一直与自身残疾斗争。我这么一个活蹦乱跳的人，除了轻微近视之外，必定还有许多"不能"之处，要不然，我的脚步怎么比那位腿脚不便的人还要迟疑和沉重呢？

我恐怕做不到每天都兴高采烈，那得没心没肺到何种程度？不过，我也不想自己的脸上每天阴云密布，那无异于开诚布公地告诉别人：我是一名浅薄的假装人士。我也不认为愁眉紧锁、仰望天空的样子有美感。我坐在河边的木椅上，抚摸内心，就是想弄清楚：究竟是什么力量让人心生忧虑？

我现在不能一下子就准确说出自己的年龄。那是一个令人感觉无比艰难的数字。到了这个岁数，我再也没有勇气轻飘飘地说：我年轻的时候如何如何。说这话是年轻人的特权，就像有钱人才有底气说：我其实没有脱贫。没有任何方法可以穿越到十六岁，或者二十六岁也行，虽然我愿意为此付出任何代价。

　　据说，每一位中国学生都曾被要求写一篇作文，题目是：我的理想。身为祖国的花朵，我理所当然地也在小小年纪奢谈理想，而且还不止一次。我小学阶段转过五次校，几乎每转一次都要重写一篇。如今，我早忘了当时的无稽之谈（大概不会跑出科学家、文学家、教师、飞行员等诸如此类的范畴吧）。后来，我带过一个班的大学生。有次在课上，不知何故，反正就是谈到了理想。我发现，天之骄子们侃侃而谈的，其实还是漫无边际、虚无缥缈的东西。当然，大部分人没考虑过这个问题，他们站起身来，想了想，又想了想，没说话，我就让他们坐下了。

　　理想是什么不重要，重要的是有没有——这也算我明白的一个道理。十年前，我生活在一个经常有火车穿过的小镇。当你经过一个路口的时候，警报突然就拉响了，有人摇着小红旗示意人们停下。铁轨和马路交汇的地方被栏杆挡住了，从四面八方聚拢而来的人堵成了长龙。在人群中间，你能看到自行车把手上挂着菜篮子，篮子里装着青菜和水汪汪的猪心肺。水果贩子挑着两筐枇杷，不时地回头张望，好像很担心有人偷盗。他的军绿色球鞋已经破得不成样子，而且沾满了灰土。火车轰隆隆地飞驶而来，你就看不到铁轨对面的人了。地面隐约震颤起来。这个小镇最值得骄傲的地方是一个巨大的钢铁厂，它正处在鼎盛时期，每天频繁往返的火车就是为它服务的。镇上的老百姓抬头看灰蒙蒙的天，眉飞色舞地谈论着又有某一位大领导莅临钢铁厂。我对人们热切讨论的事情心不在焉，却对火车驶近时地面的震颤着迷。每当火车拖着长长的白烟渐行渐远的时候，我的心里就被茫然无措填满了。

如今我过的生活，是那个在铁轨边心旌摇曳的少年始料未及的。当年，他想走，却无处去。他觉得未来充满希望却又暧昧不明。他只是被时间的洪流裹挟着往前走。弹指一挥，轻烟一抹，走过了十年，我发现自己依然没有写好那篇命题作文。现如今，没有人要求你写作文了，也不会有人打分、写评语。我的一个朋友，折腾了一大圈，决定创业。在喝茶的时候，我们聊起了创业的种种艰辛，他说：让我感到恐惧的，不是亏本的危险，而是身边连一个商量的人都没有。我默默点头，心里嘀咕着：是啊，终究只能靠自己。

我忽略了时间的力量，却又急不可耐地要去实现短期目标，结果就是：做了很多事，却没有一件事值得安身立命。如果十年前的我完成了那篇作文，并且怀着至深的敬畏揣在兜里，甘愿为此默默忍受孤独时光，付出任何代价，那么，我坚信自己将成为拥抱光荣与梦想的那个人。史铁生说过：活着的问题在死之前是完不了的。我又想起沈从文先生的那句话，他说自己"爱过一个正当最好年龄的人"。我暗自思忖：生命中正当最好的时光，不会那么轻易那么早地降临，只有在行了很多路，走了很多地方的桥，喝了很多种类的酒，经历了很多的人与事之后，听到叮咚一声，金风玉露，因缘际会。这个城市的雨季就要来临，江南的暮春，杂花生树，草长莺飞，我隐约听到了雷声从遥远的天际渐行渐近。一年中正当最好的时节已经飞逝了大半，不过，接踵而来的雨季却是我最喜欢的时光。

　　因理想而生的孤独和焦虑，注定会纠结一生，幸好，我已经在路上了。

拿什么飞越虚妄的城

故事的主人公叫稍微虚妄先生。

稍微虚妄先生刚刚开车把妻子和孩子送到汽车站，看着她们走进了检票口。她们要去孩子的外公家小住两天。明天下午，稍微虚妄先生就要来接她们回家。不过此刻，她们刚刚进站，稍微虚妄先生回到车上，给妻子发了一条短信：到了，短信告诉我。然后，他用一个舒服的姿势靠在座椅上，他的心里，微微涌起了一种解放的快感。

为什么会有这种感觉？难道妻子和孩子在自己身边不好吗？自己是不是该为这种感觉自责？稍微虚妄先生决定不考虑这些问题——如果每个问题都要认真思考一番，然后给出答案，我们早就累死了。

拿什么飞越虚妄的城

但是，接下来去哪里、做什么？这是不得不回答的问题。当车在高架上开了大约一刻钟后，稍微虚妄先生转动了方向盘，让车驶向了去郊野的方向。稍微虚妄先生看见路两旁的建筑物纷纷向自己身后倾倒，他的眼前渐渐开阔起来，路上的车越来越少。车速越来越快，稍微虚妄先生的兴奋达到了顶点，他感觉自己正以飞一般的速度把周围的一切甩在身后，把妻子的唠叨、蛮横、管束、讥讽、怀疑甩在了身后，把孩子的哭闹、无赖、撒泼甩在了身后，把所有的烦心事甩在了身后。

终于，他决定停下来了，他沿着一条狭窄的山路缓慢往上开，然后停车，下车。车外是一片湖光山色。他沿着山路继续往前走，漫无目的地走。妻子发来了短信：我到了，你在干吗？他没有回复她。

稍微虚妄先生走着走着，脚步不知不觉间变得迟疑了。他在想：还要不要继续走下去？迎面而来的不再是旖旎的郊野风光，而是另一种单调、重复的状态。他发现，自己驱车疾驰到郊野，不过是从一种单调跳进了另一种单调。在这个阳光明媚、春暖花开的日子，究竟应该做点什么才不至于辜负好时光？

稍微虚妄先生想到了这个故事的配角，我们姑且叫她稍微无聊小姐吧。

稍微虚妄先生打电话给稍微无聊小姐：你在干吗？

稍微无聊小姐声音里透着惺忪的睡意：还在床上呐，你怎么想到打电话给我呀？

想你了，就打了。

好假啊。

是真的，我请你吃饭吧，我刚发现了一家不错的农家乐。

好啊。

那我来接你吧，噢，对了，你住在哪里？

你讨厌，人家都告诉过你了，你怎么不记得啦！

我有老年痴呆症，经常忘事，你把地址发到我手机上吧。

好吧，我们第一次见面，你要不要送我礼物啊？

多俗啊，赶紧起床吧，我一会儿就到了。

稍微虚妄先生再次精神抖擞、兴致昂扬。他打开音乐，虽然之前曾在网上看过稍微无聊小姐的照片，但他一路上还是禁不住地想象她的样子——有没有如瀑的黑发？有没有一袭长裙、翩然若蝶？有没有明眸流转、顾盼生姿？有没有皓足如霜、美腿修长？

半小时后，稍微虚妄先生赶到了稍微无聊小姐指定的地方，那是一个小公园，一条弯弯扭扭的小河，一片空空荡荡的草地，四五棵发育不良的柳树。他在河边的一块石头上坐了下来。然后，是等待。

漫长的等待。一个小时过去了，稍微无聊小姐还没来，稍微虚妄先生都不好意思再打电话、发短信了。他不停地变换坐姿，站起来，又坐下去。他看着公园外的马路上人来车往，大家都在忙碌，努力让平淡的日子开出花来；他自己却像个傻帽，干巴巴地坐在石头上，等待这个故事的配角出场。

你真把自己当大牌啊？稍微虚妄先生生气了。他从车上取了钱，走进一家肯德基店。

点完餐，稍微无聊小姐来电话了，她说：我到了，你人呢？

他说：在肯德基。

她说：你别挂电话，我来找你。

然后，稍微无聊小姐终于出场了，没有撒花、红毯、喝彩和闪光灯。她穿着一件海蓝色套裙，蓝白相间的横条把身形拉得又矮又宽。稍微虚妄先生低下头，不小心看到了稍微无聊小姐脚上的松糕鞋厚得像一块砖头。他当场就有一种被人拍砖的感觉——晕倒。

配角问：你怎么先吃了呀？

主角说：我等你很久了。

配角问：你不乐意啊？

主角说：我不乐意。

配角嗲嗲地说：你好讨厌的。

主角差点把嘴里刚刚嚼碎的汉堡喷了出来，他多么想告诉她，卖萌装嗲并不适合每一个女人，不适合的人做不适合的事情，效果就是让人想吐。

稍微无聊小姐点了一个全家桶。稍微虚妄先生买的单。然后，两人开吃，你一言我一语地聊无关痛痒的天。稍微虚妄先生又忍不住看了看稍微无聊小姐的脚趾，毫无修剪的、粗糙的、黝黑的脚趾，胃口顿失。他说：不想吃了。

稍微无聊小姐又抓起一只鸡腿，说：那我全部吃掉啦。

他就看着她一个人吃。他在光天化日之下，等待一个多小时，然后出钱，就是为了看一个毫无感觉的女人吃鸡腿吗？而这一切正是自己有意制造的，他对自己又失望又鄙视。他决定尽快结束这一切。

稍微虚妄先生假装接电话，夺门而出，上车，发动，踩油门。这个故事的主人公拼命要逃出悲摧的剧情，此刻，他像从一场春梦里醒来，心里塞满了失落和虚妄的感觉。

风驰电掣般追赶而来的春天

　　不想吵架先生拐上高速的时候，天上飘起了雪。车里的雾气越来越浓重，视线很差。前方亮起的尾灯长得看不到尽头。指示牌上循环播放着"雨天路滑、减速慢行"的字幕。脚在油门和刹车之间频繁轮换，车缓慢地在飘雪的冬夜里行驶。

　　不想吵架先生刚刚和妻子发生了争吵。此刻，他的脑子一片木然，他清楚地知道这一点，就像在梦里清楚地知道自己在做梦一样。有一瞬间，他甚至想放开手里的方向盘，心里念叨着：由它去吧。他被脑子里冒出来的这个歹念吓坏了。虽然开了很多年的车，但在高速上遇到这种拥堵的情况，他还是会很紧张。他的妻子坐在副驾驶后面的位子上，怀抱着刚满十六个月的女儿。

吵架的原因是：不想吵架先生错过了一个路口，跑了大约五分钟的冤枉路。妻子恶声恶气地问：你在想什么？不想吵架先生说：视线太差了，没看到指示牌。妻子不依不饶：这条路你又不是第一次走，一点记性都不长吗？不想吵架先生说：我在开车，请你不要影响我的心情。然后争吵就没完没了，直到他们拐进了高速入口。不想吵架先生大声重复着一句话：我在开车，请不要影响我的心情。妻子毫不示弱，声音尖得像匕首，一刀刀扎进人的耳朵。不想吵架先生的脑子里突然蹦出同归于尽的念头。这个想法触手可及，只要猛踩油门，让手里的方向盘稍稍偏移，世界应该就安静了。从来没有一样东西，可以这样轻而易举地获得。

　　不想吵架先生终究没有这样做。孩子是无辜的，她来到这个世界上，才十六个月，还没有能力掌握自己的命运，大人凭什么随便剥夺她的生命？她正在梦乡，即便她的父亲和母亲此刻正像猪一样嚎叫，她也没受丝毫影响，只是重重地叹了一口气，又进入了更深的梦里。她的世界里，简单得只有梦。

　　雪越下越大，车也越行越慢。不想吵架先生打了方向盘，让车驶进休息区。他需要打一会儿盹，因为眼前的东西愈发模糊，脑子愈发昏沉。车熄了火，闭上眼睛，妻儿也在车后睡觉了。突然而来的安静反而让人格外清醒。不想吵架先生在心里念叨：这一切糟糕透了，但很快就会过去，很快就过去。他听到自己在喉咙里发出的微弱声音。从结婚到现在，他和妻子就一直争吵不断。争吵肯定有原因，但他说不清楚；也许就是因为他们已经不再相爱，但他也不确定。他只是觉得，人和人的差别有如云泥，近在咫尺，远在天涯。一个屋檐，小小的弹丸之地，其实是两个世界。谁也说服不了谁，要想天下太平，就总得有一个人妥协。

也许，夫妻之间本来就没有对错。分清了对错，那就必有输赢，势均力敌的状态就不复存在。妥协反而是正确的出路，孰是孰非无需深究，两个人在一起就得同进同退。换句话说，就算是你对了，我错了，咱也得都让着点，以维持天平不倾斜。

一个过了而立之年的人，还动不动说自己"孤独"，就像小孩伸出擦破了皮、流了点儿血的手指，对大人说：瞧，我受伤了。多幼稚啊！区别在于，小孩的幼稚可爱，大人的幼稚却很肉麻。不想吵架先生躺在车里，悲哀地发现，孤独这玩意儿自始至终就没离开过他，无论是身在人潮汹涌之中，还是在推杯换盏的酒席上，或者在空旷无人的地方，在夜深人静的时刻，那种感觉都会突然而至，挥之不去。有时候，他看到女儿一个人趴在地上不亦乐乎地玩着玩具，嘴里念念有词，他心里却涌起了悲伤的情绪，心里想到了"自娱自乐"这个词：人生不过是自己跟自己玩儿，冷暖自知，自负盈亏。

两个人，一个屋檐，朝夕相伴，悲喜无常——这不是不想吵架先生要的生活。电影《大话西游》里，紫霞曾经说过："我的心上人是一个盖世英雄，我知道，有一天他会身披金甲圣衣、脚踏七彩祥云，在一个万众瞩目的场合来娶我。"可是，当她的英雄孙悟空最后出现的时候，她却完全不认识，她说："你看那个人，好奇怪哟，像一条狗。"生活的无可奈何就在这里，要么求不得，要么是得到之后忽又发现不是自己想要的。当爱情的潮水退去之后，甜蜜蜜的郎情妾意变成了亲情般的厮守，当初对幸福的憧憬，敌得过耗费在柴米油盐上的斤斤计较吗？原来，身披金甲圣衣、脚踏七彩祥云的盖世英雄，只是太幼稚太离奇太浪漫太不靠谱太一厢情愿的臆想，现世不是童话，没有那么多奇妙和梦幻，有的就是庸常、残酷、卑微、无奈的真相，就像紫霞说的那样："你看那个人，好奇怪哟，像一条狗。"她不知道，那个像狗一样的孙悟空就是命中注定要娶她的盖世英雄。

可是，背过手掌想一想，兴许这正是生活的常态，酸甜苦辣的滋味，都得有点儿，活着才带劲吧。

不想吵架先生迷迷糊糊地睡去，一觉惊醒，发现天边已经泛起了鱼肚白，雪停了。不远处的高速公路上，尽管车流量依然很大，但可以畅行了。他俯身给妻子和女儿盖好毛毯，发动车，打转向灯，起步，踩油门，松离合，挂挡……他看了看后视镜里的自己，自己冲自己笑了一个。他觉得自己很二。车重新拐进了高速。春节已过，鞭炮声还在断断续续地响起，冬天的最后一场雪应该到此为止了吧。他仿佛看到了暖暖的阳光从天边照射过来，春天在身后风驰电掣般地追了过来。

无家可归的荷尔蒙

　　每个月总有那么几天，我在电脑上点开一个又一个网页，然后一个又一个关闭；我把书架、书柜、书橱里的书一本又一本地翻出来，又一本接一本地复归原位；我迫不及待地背上行李包，感觉再不出门就会窒息而亡了；我怅然若失地望着窗外，思想疯长，却四体不勤。总有那么莫名其妙的几天，莫名其妙地焦躁不安，莫名其妙地不知所措，更要命的是，我不知道自己为什么会这样。

　　我想起自己上高中的时候，和几个后排同学一起，站在走廊里对着来来往往的女生吹口哨，如果有穿着裙子的女生走过，我们还会高声喊叫。据说，周围班级的

女生因此没有一个敢穿裙子了。晚自习的时候，我们用空雪碧瓶敲打铁扶手，我们很卖力，很带劲，近乎疯狂，有人脱下衬衣在空中甩啊甩，有人对着空瓶唱起了歌。女生们对我们发出的噪音充耳不闻，她们是好学生，下课的时候依然趴在桌上奋笔疾书。即使在上厕所时路过走廊，她们也绝不侧目，我们的表演没有观众，但我们乐在其中。

我暗恋的女生在走廊的另一边，她的背影娇小，长发如瀑，皓足如霜。她凝神看向幽暗的雨幕，风吹动了她的衣衫，她翩然若蝶。我在一个不适合的年纪喜欢了一个人，所以这是一个不适合的故事。我把心里的情愫写在纸上，却不适合公开。时光悠长又缓慢，那个站在雨幕前的女孩根本就不会知道，曾经有一个少年望着她的背影时有多么心疼。

我承认自己是一个情种，可是我发现自己越来越难爱上一个人了；我想省掉冗长的铺垫，直接对我喜欢的人说：那么，我们恋爱吧。可是，我喜欢的人沉默不语。她应该娇嗔地打我，嘴上说着"讨厌"，却悄悄牵上了我的手。这只是我单方面的想法，我喜欢的人沉默不语。

我发现，身边有情趣的人越来越少了。大家打开电视目不转睛地看广告；大家对着手机说"钱不是问题，问题是没钱"；大家都在谈客户，或者在去客户那里的路上；大家都说：怎么不忙啊，简直忙死了。于是，大家都选择开车，骑自行车的人越来越少了，骑着自行车还唱着歌的人少之又少了，骑着自行车唱着歌还慢慢悠悠扭头看美女的人几乎没有了。我的孤单大家不懂。我究竟应该怎样折腾才能惹人注意？

　　我工作之后，常常出差，东南西北，飞来飞去，跑来跑去。我到了一座城市，有一帮朋友说：晚上，无论如何要过来聚一聚，嗨皮一下。我坐了一个小时的地铁，从城东赶到了城西。朋友们租了一栋别墅，群居在一起。那段时间有一个热火朝天的足球盛宴，晚上有一场重量级的、绝对有观赏价值的比赛。他们准备了零食、啤酒、音乐，还有用不完的热情。当我推开门的时候，混合着香烟、袜子、方便面……的难闻气味扑鼻而来，我被呛到了。我下意识地说了句：什么怪味，真难闻！朋友们高喊着、尖叫着：荷尔蒙的气味，这是，他，妈，的，荷尔蒙的，气味。他们不容分说地把我拉进了屋。我不喜欢那股怪味，但喜欢"荷尔蒙的气味"

这个定义，所以，我陪他们嗨皮了大半夜。

我走出那栋热情万丈的别墅，重新来到街头。我必须在第二天太阳升起的时候，赶到某写字楼里参加一场重要会议。此刻，夜深人静，地铁停止运行，我招手拦了一辆出租。这个交通拥堵的城市，此刻却畅行无阻。司机把车开得飞快，我摇下窗户，让风吹进来。某一时刻，我突然意识到，自己身上的荷尔蒙气味正在被风一点一点带走，稀释在无垠的夜色里，就像青春一样悄然消逝了。

无
家
可
归
的
荷
尔
蒙

我知道
没有人值得我羡慕

痛苦在回忆里闪光

为什么非要等到春暖花开

这个故事的主人公是孤男先生和寡女小姐。

"好吧。"寡女小姐的回答很干脆；可是两个字之间又拖得很长，好像在撒娇。

"真的假的？"孤男先生有点不敢相信。

"你希望是真的还是假的？"寡女小姐反问他。

二十一楼之下的城市，笼罩在一片浓郁的红色暮霭中，明媚的霓虹灯一盏接一盏地亮了起来。孤男先生侧过脸，看到依偎在栏杆边的寡女小姐，夕阳辉映下的脸庞浮现出温暖的光彩。孤男先生说："真的。"

"那好吧。"寡女小姐的嘴角漾起几分诡异的笑。

暮霭渐渐散去，迷蒙的夜色不知不觉间覆盖了这座城市。目前为止，孤男先生还无法确定自己究竟是不是

为
什
么
非
要
等
到
春
暖
花
开

喜欢上了这个女孩。对他来说，喜欢一个人变得越来越困难了。

孤男先生说："我们恋爱吧。"嘴里冒出这句话的时候，他自己也觉得格外唐突。也许，只是为了省略那些冗长的铺垫，他才选择这么直截了当的方式。

寡女小姐脆生生地回答："好吧。"

他们站在这座海滨城市最高的建筑物上，轻柔的风从玻璃的缝隙中挤进来，撞在身上，仿佛青丝滑过；楼道里的夜色像荡漾的水纹。大楼空空如也，看不见其他人影。

"你害怕吗？"孤男先生问。

"怕什么？有什么好怕的？"寡女小姐的眼睛里写满问号。

"夜深人静，孤男寡女，你不怕我吃了你？"孤男先生分明是在暗示什么。

寡女小姐突然转过身，贴到孤男先生面前，近得连鼻息都打在了他的脸上。寡女小姐说："你吃我呀！"

孤男先生一下子不知所措起来，他觉得自己一点都猜不透眼前这个女子。可是，他很快回过神来——只是刚刚开始，又何必知道得面面俱到呢？孤男先生说："你以为我不敢？"

寡女小姐转过身去，回到原来的位置。长发遮住了她的脸，五官的轮廓线精致得像鬼斧神工雕镂过一般。此刻，她又矜持得像一个陌生人。她预料到接下来会发生什么，可是她适时地制止了。

　　孤男先生有几分放肆地看着寡女小姐，寡女小姐则静静地将目光投向远处。这个春末夏初的夜晚美得让人心醉。高远的天空中星光闪烁。

　　他们，就这样开始了爱情的旅程。

　　就像情歌里唱的那样，爱了就爱了，算了就算了，做了就做了，爱一旦发了芽，就算雨水都不下，也阻止不了它开花。瞧呀，这样的爱情观，因为随便，所以潇洒。我杜撰了许多故事，也不能穷尽对它的喜欢。

　　你说千里迢迢，旅途劳顿；你说天寒地冻，出门不易；你说琐事缠身，时间太少；你说等到春暖花开，惠风和畅，我们再去看海。可是，那么久的等待，那么长的铺垫，那么多未知的变数，春暖花开之时，一起看海的心情还会在吗？

　　置身于此时此地的我们，心里却向往别处的生活，可坐而言起而行的人却少得可怜。大多数人只是叶公好龙，口口声声说着金戈铁马，脚却离不开温柔乡。我们究竟能多大程度上忠诚于自己的内心？这是一个常常让人绝望的问题。可是，仔细想想，似乎又没什么难以克服的障碍阻止自己去往别处。原来，还是我们太懒惰了。

春暖花开之时，也许正是曲终人散之际。当时的心情不可能再复原。斗转星移，物是人非，曾经朝思暮想的东西，因为没有立刻追寻，已经永远地失去了。所谓的春暖花开，只是所谓，只是想象中的完美罢了，从来都不存在。

像故事里的孤男寡女那样，直接说"我们恋爱吧"，省略冗长的铺垫。何妨？

人生里的无可奈何

从县城到市里，需要转两次公交车，来回花费将近四个小时。周六，吃过午饭，无可奈何小姐就挎着她的小红包出门了；回来的时候，天已经漆黑。

傍晚时分，还下过一小会儿雨，雨里夹着稀疏的冰珠子。天气预报说有雪的，雪终究没有落下来。无可奈何小姐回到县城，雨也停了，只是路上到处都有积水。她开始还踮着脚尖走路，但鞋子和裤腿还是被弄脏了，她索性迈开步子，不再顾忌。在小区门口，她买了一个夹菜的面饼，打包带走，算作晚饭。她的小红包里，装着几瓶护肤品，那是她花了一下午时间从市里买回来的，她担心县城里的东西不正宗。回到住处，瘫坐到椅子上，才感觉到累，不过，她心里还是开心的。

几天前，无可奈何小姐就说要买护肤品。她在镜子里看到自己面色暗黄，额头还冒痘痘。"太糟糕了，我被自己吓了一跳，我得去买点护肤品。"她这么对我说。

晚上，她打电话说来我这里借一本书，我听到外面大风呼啸，扭头看看窗外，外面黑咕隆咚地一片。我说："明天我带给你吧。"话还没说完，就听到无可奈何小姐不容分辩地说："我已经出门了，马上到。"电话就挂断了。

我在火锅里添了些丸子。无可奈何小姐从外面进来，摘掉帽子，取下围巾，抖落一身的寒气。我说："你来得正好，一起吃火锅吧。"她死活不肯，说自己正减肥呢。我笑她神经病，明明不胖，减什么肥呀。

她拍拍自己的脸，问我："你瞅瞅，我的脸色有没有好些？"

我说："没看出什么变化啊。"

她朝我凑近了些，说："我用了新买的护肤品，你仔细看看，皮肤是不是比之前白了。"

我真没看出什么变化，就对她说："你傻呀，哪有这么快就见效的，再说了，护肤品不是什么好东西，少用为妙。"

她一下子气馁了，失望地坐了下来，开始翻我桌子上的书。我径自吃着火锅。

过了一会儿，她又喃喃地说："明年，我也许要做一件大事。"

我问："什么大事？"

她说："我要结婚了，你信吗？"

我没敢再说话，因为知道，这是她的伤心事。与无可奈何小姐同龄的人，孩子都能打酱油了，可她还是孑然一人，迟迟没能把自己嫁出去。去年，她的母亲出车祸，一只腿被轧断了。无可奈何小姐赶到医院，看见躺在病床上痛苦不堪的母亲，她泪如雨下，不能自持，瘫倒在床前。

母亲住院期间，无可奈何小姐一直陪伴在左右，悉心照顾。有一天，母亲突然伤心地对她说："女儿，我如果这次被车撞死了，也没什么好遗憾的，只是还没看到你嫁人，我不能瞑目。"

无可奈何小姐强颜欢笑，说："妈，快别说这种丧气话了。"她心如刀绞。

她的父亲也紧锣密鼓地给她安排相亲，人见了一个又一个，可就是对不上眼，不是她看不上他，就是他没看上她，或者是谁也看不上谁。总之，所有的忙活都是白搭。终于，父亲发火了，当着女儿的面，狠狠地把一只碗摔得粉碎。他对女儿说："你到底还要不要嫁人了！"无可奈何小姐无言以对。

她对我说：父亲希望她和一个人结婚，这个人跟她相过亲，只是他们后来没有发展。

我问她："你喜欢这个人吗？"

她想了想，说："我爸觉得他蛮好的。"

我又问她："那个人喜欢你吗？"

她说："不太清楚，也许是喜欢的吧，不过，那个人有点胖。"

我劝她："结婚这种事，你要慎重，毕竟是一辈子的事情。"

她没再说话了，只是一本接一本地翻着桌子上的书。过了一会儿，她又自言自语地说："就没有一个人，真的对我好。"

她是在说自己的父母吗？他们以爱的名义，给她巨大的压力，希望她早点嫁人，却没有真正体谅过她。

她是在说天下的男人吗？她不辞辛劳，去市里买护肤品，打扮自己，却不曾被哪一个男人深深爱过。

——我不敢问她。

痛苦在回忆里闪光

那一年冬天，雪下得特别特别多，连续好几场暴雪，封堵了回家的路。我滞留在那个海风咸涩的城市，不能回家过年。

我那时候还在学画，因为嫌学校的公寓楼太贵，就与同学合租了一间房。那是一片等待拆迁的破旧民房，房东是一对老夫妻。每天早上，老头都要狠狠地咳嗽一阵，那剧烈的咳嗽声总让我担心他会窒息而死，好像胸腔和喉咙里都堵满了东西。老太婆做早饭的时候，总把锅碗瓢盆碰得叮当作响。过了早上，老夫妻俩就安静了，一天也说不到几句话，大部分时间都坐在走廊里晒太阳。傍晚的时候听一会儿收音机，呲呲啦啦的声音，我也没听清过他们收听的内容。老夫妻俩住在一楼，所

痛苦在回忆里闪光

有的租客都在二楼和阁楼上。

同学是个胖子，睡觉打呼，偏偏又是没心没肺倒头就睡的那种。每天晚上，我还在酝酿，他就鼾声四起了。我忍了几天，每晚几乎彻夜未眠，终于忍无可忍。我看到隔壁有一间房，没有租出去，门始终锁着，但是窗户可以打开。我偷偷翻窗而入，屋子里空空如也，只有一张桌子和两把快要散架的椅子。我买来一张草席，铺在地上，再把被子铺到上面，床就算大功告成了。我每天晚上翻窗溜进去，终于能安安稳稳地睡觉，还不用多付一份房租。空房间虽然总会有被租出去的一天，不过，想那么多干吗，等到那一天再说吧。我心安理得地住了下来。

不足之处是，房间在阴面，总得不到阳光的照耀，房间里阴暗潮湿。没过几天，就感觉被子湿答答的，睡觉的时候被窝里总存不住热气，我把所有的厚衣服都盖在被子上，还是觉得冷。我只好把被子拿到阳台上多晒晒，可是，冬天的阳光少得可怜，总也晒不透。房间里有个吊灯，为了不让老夫妻俩发现，我从来没开过灯。就这么偷偷摸摸地住了一个多月，进出都是翻窗，像做贼似的。我白天上课，晚上看书（在同学住的屋里），困了就溜进屋里睡觉。

有一天，我从学校回来，沿着逼仄的楼梯上到二楼，然后就看到我的被子和衣服被粗鲁地丢在过道里。我透过窗户，看到那间屋子里来了新租客。同学把我的东西收进了他住的屋子里，在床上腾出一个位置，他安慰我说："你再忍耐几天，我就要走了。"

我问他："为什么要走？"

他说："再这么下去，我养活不了自己。"

他同时在一家广告公司和一家儿童杂志社兼职，即便如此，收入也十分微薄，早上吃馒头，晚上在大排档吃蛋炒饭，省下钱买颜料和画布。我们将大把的光阴都涂抹在画布上了，那些五颜六色、不成气候的画，被随意丢在地上，一张又一张，越堆越多，可是，我们越来越不确定自己做的这些事情有没有意义。最后，我同学走了，在暴雪还没有来临之前，他走得真及时。

他走之后的第二天，我从花鸟市场买回来几条金鱼，养在盆里。晚上一个人睡觉，再也没有呼声扰我清梦了，不过，一个人太寂寞。

我找了份兼职，继续上课，不管怎么说，我还是想把学画这件事坚持到结束。每天上完课，回到住处，把作业和工作做完，剩下的时间就读书。坐在书桌旁，俯身就能看到楼下来来往往的人。在狭窄的小巷里，有一家开水房，晚上，很多人来这里冲开水，昏黄的吊灯下，总是缭绕着热气，看上去很温暖的样子。那些在工厂里打工的姑娘们，虽然竭力打扮自己，但看上去又土又俗（我发誓，绝对没有瞧不起的意思，事实如此）。这一片民房，实在太破旧了，它的外围，被人用红油漆写上了大大的"拆"字。它的死期不远了。就在不远处，与这片民房一河之隔的地方，是一个崭新的小区，红墙黛瓦，鹅卵石铺成的小路交错延伸，处处覆盖着绿。晚上，家家的窗户上灯光熠熠，流溢出温情。

那个落满了雪的冬天，我终于动笔开始写一个在脑子里存了很久的故事。那是一个关于温暖的故事，冬天太冷，到处都是风，没有人可以取暖，生命里的寒意又无法排遣，所以，只能把它写出来。写着写着，我就有了信心，要把它铺展成一个长篇，只是需要时间和耐心。可是，自己的文字和那个冬天一样冰冷、潮湿，我不知道怎么让它们温暖起来。

父亲在电话里的语气充满了无可奈何，因为大雪封路，出于安全的考虑，他同意我不回去过年。本来就聚少离多，说着说着，他竟哽咽起来。我安慰他，说："只要路一通，我就买票回家。"父亲要给我汇钱，我拒绝了。挂断电话前，父亲语重心长地说："过完年，又长一岁，你已经不小了。"他说得委婉，给我留了尊严，但我明白他的意思：孩子，别再做不靠谱的事情了。

我确实不够靠谱，我的同龄人，大多娶妻生子，成家立业，我却中了"文艺"的毒，为了所谓的理想，腾挪流离。我知道父亲希望我过上体面的生活，别人有的，我也应该有；不出头，也不垫底，中不溜秋的生活才是最受用的。

至于我自己，也绝不是理想主义者。我不会为理想赌上一切，因为自己其实也不能确定它是不是值得的。年关将近，这个城市的冬天依然冷得彻骨，越来越多的人蛰伏起来，不再出门，就连菜市场都冷冷清清的，看不到几个商贩。我买了一袋芋头。除夕之夜，我枯坐在桌前，写不出像样的东西，屋外面鞭炮四起，烟花绽放，好像春天滚滚而来的脚步声。我想起儿时和兄弟姐妹们过大年的种种温暖、热闹场景，悲从中来，流下了眼泪。一个人，内心再强大，终究敌不过巨大的寂寞。

春天姗姗来迟，比我想象得要慢太多太多。我辞掉了工作，一心要把故事写完，但事与愿违，写的东西总

125

痛苦在回忆里闪光

不能令自己满意。父亲三番五次催促我回家，我修完了美院的所有课程，交了作业，拿到证书，算了结了一件事情。于是，我匆匆把故事收尾，登上了回家的车。

那个不长不短的故事，最后在一家女性言情刊物发表。在编辑眼里，它是言情的，我的本意却不是那样，不过也无所谓。只是，编辑说，不能用我的本名发表，只能用他们给我拟的笔名。我在授权书上签了字，拿到稿费，就有种忍心把自己孩子卖出去的感觉，它不再属于我了。如今，时过境迁，我有时候重读那个故事，却不想再续写它了，因为那时那刻的心境不在了，续写的故事，其实就是另一个故事了。那个故事，在我草草结尾的时候，就已经永远结束了。

"Don't worry，Don't cry，以后你会以此为荣的。"电影《刮痧》里，父亲抱着跌伤的儿子往医院跑，边跑边说。我看到这个镜头，不禁潜然泪下。人的成长，不就是经历痛苦和磨难吗？刘瑜在她的文章里写道："我相信是一个人感受的丰富性、而不是发生在他生活中的事件的密度，决定他生活的质地；是一个人的眼睛、而不是他眼前的景色，决定他生活的色彩。"我们的一生大多是在平淡、庸常的状态下度过的，没有经历痛苦和磨难的人，怎么能读懂这个世界，怎么在平凡无奇的世界里感知到生命的光彩和意义？从这个层面上说，苦难是人生的财富，我们会以自己曾经历过的苦难为荣。

于是，那个冷到彻骨、寂寞到绝望的冬天，在我的回忆里，闪着温暖的光。

优雅的一地鸡毛

　　无聊这个词，常被我们挂在嘴边。当一个人无事可做的时候，他可能会说：好无聊。或者，一个人做着自己不喜欢做的事情，他也可能会无奈地说：好无聊啊。不过，在我看来，无聊的含义，远不止这些。

　　那年夏天，我和秆子凭两份简简单单的勇气和热情，就想着出一本杂志。在那种时候放下书本去搞什么文学，连我们自己都觉得内心愧疚。所有的工作都要转入地下。一本小小的杂志，做起来却千头万绪：搜罗稿件、打字、排版、校对、与印刷厂讨价还价。我们每天中午轮流去一家小工作室编辑文字，下午上课前匆匆赶回来。有时候走进教室时，碰见班主任巡查，我们对视一眼，谁也不说话。

杂志出来那天，秆子像抱着自己的孩子，风风火火地跑进教室。教室里鸦雀无声，所有的眼睛都停泊在后门对峙的两个人身上。班主任说，拿过来看看。

那天晚上，我们溜到学校操场，隔着常青藤看天上的星星。夜风拂过的时候，竟然有些冷。秆子问，我们这是为了什么？我想了很久，却想不出一句话来回答他。那时候，我觉得无聊。

有段时间，我在机关当秘书。除了端茶倒水，我主要负责充当别人的笔杆子。大部分时间，我坐在电脑前，套用各种公文模板，凭借有限的、模糊不清的材料，炮制一篇篇像模像样的文章。我给这些文章起了一个贴切的名称：注水猪。八两说成一斤，牛粪粉饰成鲜花。我充分调用自己的生活经验，把想象力发挥到极致，一次又一次地化腐朽为神奇，化平凡为高尚，化作秀为真诚。我颇为自己的这种神功感到得意，别人给了我钞票和赞扬。我感觉良好，这种感觉维持了一段时间。

有一天，别人交给我一个任务：因为要举办一个N周年的纪念活动，需要编一本类似于名人列传的册子。领导把"名人"的名单递给了我，他说：你再找几个人，一起去把这些有头有脸的人物采访一下。于是，我另找了三位文笔不错的学生，加上我，一共四支笔杆子，从这个城市飞到另一个城市，然后吃吃喝喝，然后卡拉 OK，然后吹牛唠嗑，然后我说起了采访的事，然后有人说大家都这么忙，还有私生活，拿点资料你带回去看着办吧。

回来之后，我拿到了一堆不知所云的采访文章。补充两点：一、与我一起回来的还有大包小包的土特产；二、我们一行四人，在两个城市间飞去飞来，加上食宿，花销不菲。我心里惴惴不安，却只能如实禀报。领导说：内容不重要，你加工一下，修饰一下，美化一下，把册子做得漂亮一点儿，不会有人真的在意里面的血肉，这个册子的作用，只是用来存档的。原来如此！我豁然开朗，惴惴的心放了下来。

我的良好感觉却从此荡然无存了。我这么一个智力发达、四肢健全的年轻人，生活在所谓的大都市，出入有车，食有鱼肉，衣冠楚楚，处处享受着别人的服务，消费着各种各样的产品。可是，我生产的只是注水文章，浪费纸张、油墨印刷出来，只是为了存档，它们甚至都比不上厕纸。我终于对自己的价值质疑了，我觉得无聊了。

我觉得自己应该做点别的事情。当我把这个想法告诉别人的时候，遭到了异口同声的反对，他们甚至义愤填膺。我对他们的反应感到不解——明明是我自己想做点别的事情，没有人逼我这样做，我完全是自愿的，他们却好像在反对另一个逼我产生这个想法的人。他们口口声声说是为我好，以此证明他们其实站在我这边。他们以爱的名义，要打倒另一个我。他们的反对有理有据，情真意切，给我造成了巨大的压力。我这个俗人，关键的时刻总是掉链子，这次也不例外。我想走自己的路，可是别人在路边一嚷嚷，我就迷惑了。我想，倒不是我生性懦弱，而是因为自己也不明确哪条路是对的。

　　别人说：你也就适合做这个事情了，那个啥啥啥事情，你做不来的。我不相信自己做不来，我在心里不承认，可我没有争辩，又仔细想想，也许自己真的就做不来，也许自己也就只能这样了。想着想着，我觉得无聊极了，对自己要做的事情全都丧失了兴趣。就像一个孩子，面对一大箱玩具，心里总以为能找到中意的那一个，可是真的蹲下身来翻找一气，才发现这么一大箱的破玩意儿都不是自己的菜，再转念一想，竟发现与玩具没有半毛钱关系，而是他自己压根就不想玩了，他失去了玩的兴趣，这多无聊啊。

　　我想，也许谈恋爱可以让我觉得不那么无聊。伟大的哲学家不是说了吗：人类一切行为的原动力，就是"性"。不是为了获得"性"的谈恋爱才是真的耍流氓。我觉得自己不应该对谈恋爱的动机有丝毫隐瞒和掩饰。所以，当假正经小姐在我面前奢谈风月的时候，我实在没什么耐心配合她。她说女为悦己者容，我说男为小妖精疯；她说春花秋月何时了，我说还是上床好；她说良辰美景好个秋，我说孤男寡女把魂儿丢。假正经小姐说话嗲声嗲气的，我说你快点，约会也要准时啊。她用一贯的腔调告诉我：你急什么呀，人家正化妆呐。我闭上眼睛，想象着她用无比复杂的程序把一堆化学元素堆砌到自己脸上，然后在镜子前一件又一件地试穿柜子里的衣服。

　　我站在车来人往、川流不息的大街上，秋天的风吹起了路边的灰尘和垃圾，灰暗的天幕笼罩下来。我感觉自己像个傻帽，被包裹在鼎沸的喧嚣声中，周围的人都兴兴头头地忙碌着（尽管他们的忙碌也未必有什么大不了的意义），自己却无所事事地在此傻等。我缩了缩脖子，耷拉下脑袋，腰不自觉地弯了下来。我放大了敏感的触觉，用这个无比卑微的姿态等待假正经小姐，而她迟迟没有出现。我终于失去了等下去的耐心，准确地说，我懒得再浪费时间哄骗她上床了。我其实很担心，等到上床之后，发现那种被哲学家断定为人类一切行为之源的事情，其实也索然无味，那么，剩下的恐怕就只有虚无了。

我是什么时候开始觉得无聊的？记不清楚了，反正很多年了，直到现在，我一直没摆脱这种感觉。这很多年过去了，除了天增岁月人增寿，我好像没留下什么像样的东西，我想，这恐怕是无聊惹的祸。如果真要探根究源的话，我以为，像我这么一个不坚定的人，在没有目标的生活状态下，生活不过是一堆优雅的鸡毛，之所以说优雅，是因为我们必须努力活出个样子，这就需要付出昂贵的代价，可是，辛苦之后，有了荣耀，骨子里还是挥之不去的无聊。

没有想象的那么糟

　　这座城市，以及每一座城市，都有相当可观的生活垃圾和工业垃圾。除此之外，还有流浪的游魂。对不起，我把垃圾和游魂相提并论了，我是有意的。

　　王小波的小说里，有个不变的主人公：王二。这个名字本身就很操蛋，让我不免联想到诸如卑微、虚妄、不足道这些词。他的书里，配有插画——主人公王二这个人，拧巴着脸，置身在一个无比荒诞的背景中。不知道为什么，每次读这个家伙的文字，看到这些插画，我都觉得很带劲。王小波的荒诞和浪漫精神，我觉得与我对这个世界的感觉是一致的。

　　我再说游魂。芸芸众生，大多在乎钱和性，以及与之相关的附属东西，没什么闲暇细究自己的精神世界。

但是，在大多数之外，还有那么一小撮，决意要和精神世界死磕。换句话说，他们总是太在意自己微不足道的想法和感受，而且纠结、纠结、纠结个不停。如果硬要问为什么，恐怕只能说：他们天生就这德性。

这么一小撮人，有着细密、敏感的触觉，而且总习惯于把触觉伸向生活中不堪和痛苦的一面，并且沉浸其中。仰望天空、泪流满面的姿态多么迷人啊！在凄冷的午夜游荡于街巷之间，让心灵贪婪地吸收悲伤的粮食，饱餐一顿然后回家安然入睡。干脆这么说吧，他们其实爱上了忧伤，并以此为乐。这么一小撮人，就是所谓游魂。我承认，自己是那一小撮中的一分子。

突然想重读朱文的一本小说：《什么是垃圾，什么是爱》。找遍各大网站，都不再卖了，书店当然更不可能找到。于是花高价从一位书友那里买来。第一次看这个小说，还在读大学。记得是某个下午的第一堂政治课，我从图书馆按顺序拿了一本书，借了出来。之所以按顺序拿，是因为合胃口的书实在太少，少得几乎没有，翻来找去，结果可能是一无所获，索性不按喜好按顺序，以免找寻之苦。那天借出来的就是朱文。我把朱文夹在胳肢窝下，径直走进教室的后排。老师坐在讲台前，自

顾自地对着麦克风讲课，前排女生如饥似渴地记着PPT上的讲义。大多数人在这个空荡荡的阶梯教室睡觉、发短信、谈恋爱、看电影、玩游戏、写作业，或者什么也不干。在大多数人之中，有一小撮人在看小说，我是那一小撮中的一分子。

朱文絮絮叨叨、琐琐碎碎地写了一个人的一些破烂事儿。这个人叫"小丁"，连名字都这么卑微。我斗胆断言，这不可能是一本受很多人欢迎的小说，喜欢这本书的肯定只有一小撮，而我又是这一小撮中的一分子。主人公小丁在书里经历了一些龌龊、细碎、庸常、乏味的事情，没有跌宕的情节和期待的高潮，只有无聊和虚妄的感觉。我想说，如果你恰好身陷在这种雷同的感觉里，那么，你会喜欢上这本书。我就是这样。

你应该能想象到，当年，我读这本书的时候，是身在这样一个环境下：讲台上的老师照本宣科自说自话，讲台下乌呀呀的众生像吃饱了腐尸之后打盹的秃鹫。所谓的天之骄子，所谓的栋梁和花朵，所谓的殿堂，所谓的寒窗梦，在这个空荡荡的阶梯教室里是多么荒诞和扯淡的一副样子。当时，我对前排那几位奋笔疾书的认真女生，很有几分不屑和鄙视，觉得她们无非是多记录点答卷的素材，考试的时候拿个理想分数，然后争取一笔买化妆品和泡面的奖学金，仅此而已。现在我不这么想了，也不敢这么想了，我待人接物的态度宽容多了，也可以说越来越随便了。我发现，大家都不堪，自己又有什么资格对别人不屑？

游魂们试图与生活达成和解，大家相安无事，各过各的，可终究是意难平，放不下，心里挠痒。再细一想，好像生活也没怎么你，都是自己一厢情愿地以为被坑爹被忽悠被强奸，其实，不过是为赋新词强说愁，不过是找点忧伤填补空虚无聊的日子罢了。你凭什么对人和事苛刻？你拧巴着脸给谁看？你爆粗口说操蛋给谁听？你的内心彪悍能当饭吃吗？于是，我们害羞了，不再愤青。而且，对曾经质疑和鄙视的东西，连同质疑和鄙视本身，一起失去了兴趣。还有人说，这是成熟的象征呢。

《世说新语》云：太上忘情，下愚不及情，情之所钟，正在我辈。圣人终于修道功成，物我两忘了；芸芸众生关心的是日常生活，精神世界等同于狗屎。只有一小撮游魂，在红尘里摔打滚爬、上蹿下跳，好生痛苦。王小波窃窃地念叨：人的一切痛苦，本质上都是对自己的无能的愤怒。我使劲地问自己，使劲问，终于惶惶然、不得不承认：自己对很多事情毫无办法。也就是无能。

举个离我最近的例子。那天，我和母亲去这个城市最大也最便宜的小商品批发市场淘东西。到了市场，妈说：你去买你的东西，我去逛我的地方，我们分道扬镳，买好了东西再电话联系。我转悠了一圈，很快就买好了，就去找母亲。我找到了母亲，竟发现她正跟商家吵架。两个人拉拉扯扯，互不相让，其他商家也聚拢过来插嘴帮腔，当然，他们肯定站在母亲的对立面。吵架的原因大概是：母亲买了两件衣服，付了钱，然后后悔了，想退掉一件，但商家不准退，估计是母亲砍价太厉害，退一件就无利可图了。那商家恶狠狠地说：你说退就退啊，我就不退给你！不管谁对谁错，我当然站在母亲这边，加入了这场争吵。最后的结果，是我们拿着两件衣服走人。

因为此事，我的心情糟糕了好几天，看到母亲买来的那两件衣服，就气不打一处来，恨不得一把火烧掉它们。我越想越觉得窝心，越想越觉得自己无能：如果我是有钱的大亨，可以一掷千金，那压根也就不会去那种捡便宜的地方；即便去了，也不会为了省点钱而吵架；即便吵架了，也可以从皮夹里掏出一大叠钱，粗暴地砸向那个商家，恶狠狠地说：你去买棺材吧。总之，应了王小波的那句话，因为无能，所以愤怒，进而痛苦。

不管怎么说，人都不应该在自己无能为力的事情上浪费时间和精力，比如情感。可是，游魂们把有生之年盘点了一下，经过总结，竟发现耗费主要时间和精力的，正是情感。它那么令人沉迷，轻易就让人深陷其中，置身事外是不可能的。于是，感叹，也是枉然。我常常与人奢谈感情这种事情，最后的结果无不是倍感无力地说：算了算了，顺其自然。你瞧，大家都毫无办法。

幸好，还有人在歌里唱道：

这一切没有想象的那么糟

被刽子手砍下了人头

魂魄还能留恋最后九秒

第七秒时突然从梦中惊醒

这一切没有想象的那么糟

这么唱着唱着，嘴角就泛起了微笑，身体轻盈得就要飞起来了，活在分分秒秒里，生生世世的情怀，也不需要再有了。

我们其实没时间焦虑

我小的时候，算得上四体勤快的少年先锋队员。在乡下，春耕秋收，农忙的时候，学校还会放假。不吹牛地讲，我那时年纪虽小，却已经展露出一个优秀农民的特质。比如，我总是能比其他人摸到更多的田螺，更多的河蚌；插秧也比其他人更规整，横平竖直，简直是一个追求完美的艺术家的作品；割过的麦茬齐刷刷的，看上去特别顺从、服帖，妥妥的；就连上树掏鸟蛋，都比其他人更敏捷，胆大心细，三下五除二，九九八十一，就荼毒了一窝生灵。

但凡优秀的人，缺点都很明显，我也是。我特别害怕一样东西，天生就怕，可以说是命里的克星，上辈子的冤家，那玩意就是：蚂蟥。一种灰褐色的软体动物，在水田和池塘里很常见，专门乘人不备依附到人身上，吸食人血为生。甭说看，就是提起这家伙，我身上都直掉鸡皮疙瘩，胃里翻江倒海，忍不住恶心。可对其他乡下人来说，这家伙再寻常不过。他们赤着脚，在稻田里插完秧，走上田埂，我就看到一条条灰褐色的像鼻涕一样的玩意儿粘在他们的小腿上。我惊慌失色，叫出了声音。他们却若无其事地在鼻涕上拍一巴掌，然后轻盈地用食指一弹，鼻涕就不见踪影了，伤口渗出血水，在腿上画出一道长长的血印。他们鄙视我的眼神，就像一个壮汉碾死了一只蟑螂，然后转过身，看着那个被吓哭了的小女孩一样。

不管怎么说，我还是受不了那玩意儿，恨不得让它们从地球上消失。我下田的时候，从来都是全副武装，长筒雨靴，长裤，长袜，绝不让那玩意粘上我。但是人在江湖走，哪有不挨刀的。夏天的中午，酷热难当，我一个猛子扎进池塘，好生畅快地洗了一个澡。上岸的时候，就发现一坨鼻涕粘在了腿上，再一看，肚脐上面竟然也有一坨。你应该能想象到我当时的样子吧，我该怎么向你描述？这么说吧：如果我当时手里握着一把锋利的刀，我一定以迅雷不及掩耳之势，手起刀落，将那鼻涕连同我身上的肉一起，彻底铲除。

现在想来，我还头皮发麻，虽然鼻涕没在我身上留下什么疤痕，但是巨大的心理阴影已经挥之不去。有一次，我跌倒在水田里，一只硕大无比的鼻涕一口咬定我的下体，然后"咕咚咕咚"地吸起了我的血。我一点儿也动弹不得，虽然身体不停地挣扎，但就是没有力量，眼看着那只鼻涕一点点变大，它那灰褐色的身体因为吸食过量的血液而膨胀得近乎透明。猛然惊醒，才知道是一场噩梦，摸摸额头，汗如雨下。

我的记忆力有限，关于童年和乡下生活，这个无比可恶的鼻涕反而给了我特别的印象，美好的东西反倒忘记了（我坚信美好的东西肯定多于那些可恶的鼻涕）。我觉得很遗憾。如今的我已经进城了。乡下有的趣味，城里找不到。恶心的鼻涕我也没再见过了（倒不是因为没有，而是因为我不再务农），当然，替代它们的东西从来就没有少过。现在我工作的地方，原来还是弥望的农田。雄心勃勃的人们在纸上画出美好的蓝图，然后对照图纸建起崭新的房子。我从一个四体勤快的少年变成了坐而言却很少起而行的中年人，年纪越大，想做的事情却越少。

一上午的时间转瞬即逝，我枯坐在办公室，焦虑

我
们
其
实
没
时
间
焦
虑

痛苦在回忆里闪光

144

越来越深了。自从毕业后，我对自己职业价值的质疑一直都没有断过。李海鹏在他的书里写道："我想要美好的个人生活，也想要一个美好的社会，如何实现呢？我不了解别的方法，只懂得写些小文章，令其蕴含类似的道理，那么我就这么做了。它们有用吗？我不知道。我也不喜欢计较有用没用，这本来就是用一根针挖井的工作。"一只蚂蚁，很努力地搬运石子，使尽浑身解数，把那颗石子丢进湖泊，然后它站在岸边，看到芦苇摇曳，听到风声回响，只是，它丢进去的那颗石子没有激起一丝波澜，涟漪也没有，期待中的回音没有响起，一切都未曾发生，一切都不曾改变，湖泊依然是湖泊的样子，巨大的沉寂让这只蚂蚁绝望。一个人的工作价值，有时候就像这只蚂蚁，反正我觉得自己就是这样。

可是，我连那颗石子都没有弄到。上天不垂怜，不给我一颗精子，我不得怀孕，写不出好文章。吃过饭，心情糟糕，开车绕开办公楼，朝着山脚下的一个村子驶去。找了一个僻静的地方靠边停车，打开车窗，看到不远处三三两两的有人在稻田里插秧，忽然想到了故乡，想到了农忙时节，想到了孩童时代的各种好玩。

就在我陷入了回忆的时候，一辆面包车呼啸而来，急刹，停车，一群人裹挟着一个身穿白色礼服的女人下了车。有人从车的后备箱里拿出反光板，有人端着相机——很明显，这是要拍写真。

我正想换一个安静的地儿，继续未尽的回忆。写真的女主角突然向我跑来，她提着长长的裙摆，高跟鞋在地上砸出"咚咚咚"的声音，身体为了保持平衡而左右摇摆着，很像南极的企鹅。她跑过来，脸凑到车窗边，问我："先生，能借用一下你的车当背景吗？"我猛然间看到她的脸——硕大的假睫毛，烟熏的眼睑，鲜红的嘴唇，拼在一张被粉底堆得煞白的脸上。我的心一惊，用时髦的话来说，就是：我被雷到了。

写真小姐看得上我的车，要借，我不好意思说"不"，心里想着"反正也不会用太久"，嘴里就说"好啊"。我下了车，站在一旁，看着写真小姐被一帮人呼来喝去，像玩偶一样摆出各种姿势。有人拿着反光板，有人提着裙摆，有人不时地跑上前去补个妆，端着相机的人"咔咔"地按下快门。于是，写真小姐的美丽瞬间就永远地被定格了下来。

拍完一组，写真小姐居高临下，眺望远方，欢喜地说：我想用那片田野做背景。端着相机的人上蹿下跳，在几个不同的地方蹲下又站起，站起复蹲下，然后他对旁边的人说：那几个插秧的人，挡在镜头里，很破坏风景。于是，旁边的人笼着手大声喊道：嗨，你们好，你们能不能先上来歇歇，我们拍一组照片，需要取景。插秧的人直起腰，面面相觑，愣愣地没作声，他们看上去，就像稻田里长出来的庄稼。他们终于还是上来了，赤着脚，朝我们走来。我下意识地低头看他们的腿，那让人恶心的鼻涕又无法抑制地在我的脑子里闪现。端着相机的人又一番上蹿下跳，嘴里还念念有词：哇！太棒了，太完美了，Perfection。对不起，我又想到鼻涕了。

我赶紧驱车离开，我想，这世上还有更多的事情，比上蹿下跳，比拿反光板，比提裙摆，比补妆，比拍出自己都认不出自己的写真，要重要很多，紧急很多。还有人对这世上的真与美陌生到令人发指的地步，他们弄不清究竟是谁破坏了美好的风景。我无意褒贬，也自知我的微不足道，可是，就像李海鹏说的那样，我们"对一个更美好的世界怀有乡愁"。我想，我的焦虑，大概也源于这不可阻挡的乡愁。我们其实没时间焦虑。

夜访媚香楼

冷冬腊月，因公事前往南京，天气阴。途中，心情低沉地窝坐发呆，车窗外一抹黛色山峦，衬着灰色天幕。偶然瞥见山寺一角，隐隐现于杂树、兀岩之间，不染人世烟火。于是，一路上，都在冥想寺内的幽寂。改日吧，独步寺门，参拜我佛。

本想见一见昔日同窗，但他告诉我，因为参加亲戚的婚礼，提前回家了。下榻的酒店位于闹市，入住妥当，只得踽踽独行。信步来到李香君故居——媚香楼。听说这是秦淮旧巷中仅存的一座绣楼了。只是绣楼位居闹市，门前人流络绎，市声嘈嘈，商贾逐利，糟蹋了本该有的一份清静。

不知道谁拟的楼名，赤裸裸的暧昧的蛊惑的俗。俗没有什么不好，胜过虚伪的雅千百倍。只是，这样刻意为之的俗，直截了当的俗，已经越过了俗的范畴，成了矫情。区区一女子，因为纠缠着一些故事，竟莫名地成了文明的标签。绣楼的展厅里，几乎全部的介绍文字都指向明末的政治斗争，指向这个女子的忠贞和爱国气节。杜撰者说，香君卖艺不卖身。即使卖身又如何？卖身就有辱文明吗？就担当不起忠贞二字吗？当她的故事连同故居沦为人们求利的工具时，她的名妓身份又被人彰显出来作为诱饵。售票员对我说："里面有香君妹妹的床喔！"我蓦地联想到小时候在村口搭台表演的马戏团，为了勾引看客们钻进帆布围起来的幕帘里，门口放置着露点的女人照片作幌子。

绕过展示厅，来到一方狭小的院子，迎面是一座砖木结构的绣楼，这该是真正的李氏故居。因为是夜晚，檐廊上点着红灯笼，散漫的红晕如月光般浮照着整座绣楼，屋子里萦绕着幽幽的古旧的味道，顿然穿越了时光隧道，如临现场——这是一个冷风凝滞的晚上，绣楼之外，寥寥人家，灯影摇曳，孤寂地映着读书人的脸。寻常黎民，早已吹灯就寝。楼主人梳洗罢了，手握暖炉，无聊赖地端坐梳妆台前，无心抚琴读书。迷蒙的灯光映着她的脸，她更美了，让人心疼。

楼主人的厢房赫然放置着一张很大的架子床，周围用白色帐幕围着，让床成为了一个私密的空间。旁边的说明文字写着，这是李香君和侯方域洞房花烛之地。彼此珍爱的两个人，在一方清幽小天地，安享摇摇乱世中的一脉温情，管它什么天和地，管它什么名和誉，管它什么富贵荣华！统统见鬼去吧，还有什么比相拥交融更真实？

　　民间流传的李香君故事，没有一个版本的结局不是悲剧。身在乱世，命不由己。独自在这位薄命红颜的厢房里踱步，听到自己脚踏木板发出的孑然跫音，心里无端生出许多悲来。寂寥的光阴，要用怎样的恣情纵乐来填补呢？

　　步出绣楼，一时难以适应鼎沸的人声，心中空空落落，于是潦草地吃毕晚饭，匆匆赶回酒店。一宿未眠，连梦里相会李香君的一点点希冀，也落空了。

我知道
没有人值得我羡慕

我知道没有人值得我羡慕

揭穿是为了更深情的爱

导游指着脚下的一块青色巨石，声情并茂地说：诗仙李白当年喝醉了酒，站在此地，看到江面上摇晃的月影，以为月落江中，于是纵身一跃，跳下滔滔江水中揽月去也。我的目光从巨石的光滑表面陡然跌落到山崖之下的江面，遥想当年，李白壮志未酬，鬓斑身老，只是酒胆尚在，一颗千古诗魂就此陨落。我正怀想联翩的时候，站在一旁的毒舌小姐冷冷地说：全是骗人的鬼话，一块破石头而已，硬要移花接木与李白扯上关系。说罢，低下头玩起了手机。

再往上走，到了李白的衣冠冢。导游照例介绍一番，众人立于墓前，肃然默想。毒舌小姐瞥了一眼，道：不过是个小土堆。

上至山顶，折返往下，来到江边，看到一块岩石上赫然凹陷出半个脚印。导游说，那是元末明初的彪悍战将常遇春的杰作。常遇春为朱元璋建立大明帝国立下卓越的功勋，他带领自己的士卒攻城掠地，来到江东城下，从船上一跃，一脚踏上岩石，留下了半个脚印。想当年，在刀光剑影和厮杀呐喊声中，他的身姿是何等威猛何等雄壮！可是，毒舌小姐一脸的不屑，她驳斥说：一个人在石头上留下脚印，谁信啊？

我一个箭步，又一个箭步，恨不得远远甩开这个没劲的人，越远越好。毒舌小姐，你有意思吗？逞口舌之快有意思吗？就算你说得都对又怎么样？我们这是在玩儿呢！你较什么真、跟谁死磕？

在安徒生的童话故事里，国王裸奔，众人山呼雀跃，好像过节，夸奖国王的衣服华丽无比、漂亮无比，只有那个孩子冷冷地道出了真相。老师讲解这篇课文的时候，从来都对孩子的诚实赞不绝口，对国王的无知和众人的虚伪报以鄙视。我读书的时候，也是这么想的，可现在我改变主意了。我是这么想的：做人难道不该具备点儿娱乐精神吗？国王裸奔，这是精彩绝伦的行为艺术啊！是国王对光鲜而荒诞的宫廷生活的报复！众人心知肚明却缄默不语，完美无瑕地配合演出，这多富有深邃的幽默精神啊！而小孩的真话让这场活色生香的演出戛然而止，简直无趣到了极点。

所以，真相未必就是最好的，尽管它很重要。

不可否认，有些人天生具有通透的洞察力，一眼看到底，触及了真相和本质，如果再加上毒舌和辣笔，说出来写出来，让听的人、读的人如遭电击雷挞，身心不由得战栗起来，汗毛根根竖起，脊背阵阵发凉。就像毒舌小姐说的那些真话，一层层剥掉了包裹在真相上的华丽外衣，裸露出最核心的那一点点"心"，根本由不得他人再说出什么辩驳的话来。

可是，我们悲伤地发现，世上大多的真相其实很不堪，点破了说透了，大家都不忍接受，而且也没有趣味和美好的感觉了。很多东西，只是想着的时候才觉得美好。诗人纸短情长，写下美丽的句子，可是，也许在纸的世界之外，诗人裸着上身、短裤脱到了小腿处，正在艰难的如厕过程中呢。诗人狠狠憋了一口气，尸米没下来，倒是硬生生地蹦出一串句子来，于是诗人写在了纸上。瞧，你在纸上读出来的馥郁诗味，有便便的气息吗？（写到这里，我自己都觉得恶心了，赶紧打住。）

我不得不承认，总有脑子混沌、无知无觉的人，需要导师们拎着板斧一顿猛砍，如此这般才醍醐灌顶后知后觉如梦初醒痛恨不已，继而释然了然。就像电影《失恋 33 天》里，黄小仙儿的前男友坐车绝尘而去，她发了疯似的追着车跑，边跑边念叨：我不要自尊了，我只想让你回来。瞧，身段放得多低，就像张爱玲说的那样，低到了尘埃里，可是，前男友能追得回来吗？才怪！幸好，王小贱适时出现了，一把拉住她，猛抽一个耳光，抽你丫的执迷不悟，抽你丫的自卑自贱，抽完了，然后冷冷地问：醒了吗？

显然，在生活里，王小贱们就是那揭穿真相的导师，黄小仙儿们是欠一顿抽才会开窍的角儿。这样的揭穿，比傻了吧唧地沉沦在毫无意义的泥沼中要好很多，免除无谓的挣扎，让人少走弯路，化长痛为短痛。这样的揭穿，予人一双慧眼，把人世纷扰看得清清楚楚明明白白真真切切，救人于水火之中，简直算得上胜造七级浮屠。但是揭穿这种事情，用时髦的话说，也是一把双刃剑，怕就怕，参透了真相，看到种种不堪，从此丧失爱恋之心。庄子早就说过了，哀莫大于心死，因为揭穿而致人心死，不就是害命吗？

揭
穿
是
为
了
更
深
情
的
爱

只是想想，就觉得很美好。有些东西本来就只适合远观而不可亵玩，暧昧才有情调，若隐若现才见窈窕，朦朦胧胧方显美貌，如果硬要强光照射，放大十倍，抵达真相，见到的恐怕是毛孔粉刺痘印伤疤，美感尽失，何苦？

所以，黄小仙儿们其实很危险，导师们的话听多了，书看多了，嘴上也就不自觉地像毒舌小姐那样，说出一些"男人追你无非是为了性"、"大家爱来爱去其实最爱自己"、"谁会真的在意你的内心"、"所有女人都会老所有的爱情都会死"之类的话，态度木然，口气冷冰冰的。妈呀！新一代灭绝师太就此诞生，呜呼哀哉！

佛说：因为懂得，所以慈悲。这才是大情怀。看透人间冷暖，心里一门清，嘴上脸上却更宽容和悦。揭穿了真相，依然敢爱，不怕燃烧，那便是真爱了。

我知道没有人值得我羡慕

现在，如果有人指着谁谁谁，说：瞧！那人穿金戴银的，还开着豪车，真羡慕啊！我绝不会心生丝毫的羡慕之情。之所以这么说，倒不是想要体现我的安贫乐道精神，也不想证明自己有着一颗不同于凡俗的心。我本俗人，是滚滚红尘、芸芸众生里再平凡不过的一分子。之所以这么说，是因为我发现了一个秘密。

人，除了命中注定难逃一死之外，一生的幸福和不幸，其实也早已注定。那个"穿金戴银，还开着豪车"的家伙，幸福不会比其他人多。貌美如花、富甲天下、集文才和英俊于一身的你，不会因此幸福一生；或者相反，你也不会因此一生不幸。幸与不幸，都是难逃的宿命。更妙不可言的是，大多数人的幸福和不幸其实差不

多，如有雷同，实属正常。

我读书的时候，为了赚点外快，周末经常兼职。那天，我和同学一起跑小区散传单，中午的时候，又渴又饿又累又热。当时正好身在一个高档的小区，周围都是"有钱人"才敢进去的大饭店。我们满世界地跑一天才赚三十块钱，还得喝掉几瓶水（这算成本），要是再进去吃顿饭，兴许就亏本了。所以，只好买了个面包，坐在小区公园旁边的树阴下，就着矿泉水，也啃得津津有味。小区的主人们吃过午饭，抱着小孩，挽着老婆，牵着狗，悠然地外出溜达。我们看着别人富足、光鲜的生活，想想坐在树阴下一口矿泉水一口面包的自己，不由得心里羡慕嫉妒恨。此恨绵绵无绝期，但屁股下面厚厚的一沓传单还得发完。

十多年后，同学聚会，地点恰好选在那个高档小区周围的一家饭店。当年一起兼职的那位同学还颇感慨地谈起往事，他说："现在咱不用散传单了，不过，新的问题接踵而至。"

我紧握住他的手，对他说："一切尽在不言中。"

十多年前那两个在高档小区里散传单的苦逼少年，如今都成家立业，不用再为一点点外快牺牲一天的时间了。我看到在公园里悠然溜达的富人们，心头也不会再涌出羡慕嫉妒恨的酸水了。我知道：在所有光鲜表面的背后，都是心酸、痛苦和不堪。世上根本就没有任何一个人值得我们羡慕——这就是我最近发现的秘密。

以前，我经常对其他人遭遇的问题很不屑，比如婆媳矛盾，比如中年感情危机，比如在所难免的人情世故，比如琐碎庸常的日常生活，比如事业的坐困愁城，比如挥之不去的虚妄感……我总自负地以为，自己在这些问题上会有与众不同的发挥，绝不落入世俗的陷阱。事实上，我无一幸免地逐个遭遇，而且，在这些问题上的表现丝毫也不比其他人高明。我意识到，人生的轨迹大同小异，从生到死，每到一个阶段就会遭遇属于那个阶段的问题。问题其实早早地就等在那里，等着与我们纠缠，然后摇出悲欢。

人一生的幸福就那么多，不幸也就那么多，早就摆在那里，准备得妥妥的，等着我们去遭遇。大家都拼了命地追逐幸福，可是你幸福了吗？大家见到不幸就像见了鬼似的唯恐避之不及，可是人生的磨难能幸免吗？幸与不幸，虽然此消彼长，但一直遵循着守恒定律。因此，我不相信这世界上有所谓幸福的人，也不相信有所谓不幸的人。

人与人的差别有如天壤，可是仔细想想，人与人在根本上也没有什么差别。大家的喜怒哀乐出奇的相似。我以前觉得自己是个处处留心的人，喜欢总结，喜欢记录，所以对生活的感悟总会多一些，现在看来，完全不是这么一回事。心思再粗糙的汉子，其实也悲秋伤春，也有爱恨情仇，只是他不会像诗人那样用花里胡哨、文绉绉的句子说出来罢了。

小时候，母亲带我到河滩上筛沙（把颗粒大小不等的河沙筛成可供建筑之用的细沙）。只有在酷热的夏天，河沙才会裸露出来。我们天还没亮就从家里出发，步行两小时，来到河边。静谧的河水款款流过，仿佛还在睡梦之中。散落在河滩上的人已经热火朝天地开始了一天的工作。拖拉机的轰隆声在河面上久久回荡。太阳一点点升高，热火流溢。这么热的天，菜饭都会馊掉，所以中午就吃馒头或者大饼。男人们要喝酒，没有下酒菜，不过，劳动人民的智慧向来是无穷的，他们在河滩上捡些石子，在河水里洗干净，放进铁锅里，撒一把盐，抓一把晒干的红辣椒，大火爆炒，石子炒热就可以下酒。那石子我吃过，咸咸的，涩涩的。

长大以后，这些都成了遥远的记忆。我们的国家和我个人的生活都发生了翻天覆地的变化。后来，我在女朋友家偶然看到一档旅游节目，介绍某地的风土人情，就有炒石子下酒的内容。当时，我未来的岳父坐在床沿，女友和我并肩坐在沙发上。我轻描淡写地说：这很像我小时候的生活。女友觉得不可思议，她在城市里长大，与我的生长环境大相径庭。我未来的岳父大人知道我在说什么，此后，是忆苦思甜时刻，他述说了童年时的种种不易。我听着也觉得很亲切。

我其实不喜欢忆苦思甜来着。我是想说：盐巴炒石子那种咸咸的涩涩的味道，以及赤裸上身、头顶烈日坐在河滩上大口喝酒的彪悍场景，构成了我的生活底色。

我大学时代，同宿舍的一个哥们特生猛，只要天一热，就拿啤酒当水喝。学校三食堂门口的小店门外，摆一大桶扎啤，买酒的同学拿塑料袋自己灌，那模样很像在水龙头上灌水，灌满了就去称重。那哥们拎一塑料袋扎啤，跑到篮球场上挥汗如雨，渴了，就灌一口啤酒，简直屌爆了。有一天，我们一起吃饭，他要了两份猪头肉。吃到一半的时候，他突然说：吃来吃去，还是猪好吃。这句话，后来在我们班广为流传，成了名言。毕业那天，还有人用这句话拿他开涮。

我不喜欢结党，向来以呼朋唤友为耻，却不禁引之为同僚。我特喜欢这哥们，毕业之后，大家天各一方，我还给他介绍过女朋友，足见我的赤心。至于我喜欢这哥们的理由，我想应该是：他身上具备的那一缕屌丝魂，实在太真实，太有活力了。能活得像他那么生猛，确实很带劲。

我还有一个朋友，喜欢做饭（反正我是不好意思说他喜欢美食来着），自诩厨艺不错，经常邀我去鉴定他的水平。三番五次地吃下来之后，我觉得菜普遍偏咸，这有违现代养生专门们的高谈阔论，所以我委婉地指出了这一点。朋友不以为意，咧着嘴说：在俺们那旮旯儿，要想菜香，先来一把盐。厨子说：咸是基本味，酸甜苦辣都离不开它。

我若有所悟：世间百味咸打底。生活的基本调味剂是盐，尝起来，咸咸的，涩涩的。彪悍，生猛，粗糙，入口不柔和，也没有隽永的回味，但其实好真实、好有活力的。没有什么人的生活底色不是咸的，就像没有菜离得开盐一样。

如今，稍微自恋的人都会在网上开辟一块自留地，写博客，发照片，玩微博，装扮空间，不亦乐乎。其实，大家发表出来、予以示众的图文，都经过了大脑的筛选。换句话说，大家记录和展现的是好的生活，屏蔽了坏的生活，或者干脆只是在描述一种期望的生活。我们写下"灯火阑珊"的句子，实际情况却是刚刚结束悲摧的加班，肚子空空如也地走出办公楼，冲向路边大排档时看到了忽闪忽闪的火苗和沾满了油渍的吊灯。当我们说着"你若安好便是晴天"的时候，也许正面临一大堆鸡零狗碎的烦恼，愁眉紧锁，怎么也挤不出一星半点的笑容。

生活的底色，向来不是完美和精致的，不是细致刻画的工笔，不是灵气四溢的写意，也不是浓墨重彩的油画。它是涂鸦！每个人都如此。

从这个意义上来说，没有人值得同情，也没有人值得羡慕；从这个意义上来说，我们每个人都不值得别人羡慕，也不需要别人同情。

美好世界的遐想

世易时移，悠悠数十载，不过白驹过隙。如今的我，依然对那个惆怅而冗长的下午保有刻骨铭心的记忆。说起来，也不是什么大不了的故事。如果人生是九曲十八弯，那它只是浪花一朵，转瞬即逝；如果人生是悠长的电影，那它只是眨眼之间的一个场景，连台词也没有；如果人生是一部厚重的小说，那它只是一页纸上的一小段，经不起一目十行的速读。今我故我的样子，我都未曾预料。隔着逝去的光阴翘首回望，我看到的那个少年，瘦削，单薄，皮肤光洁，嘴唇和下巴上只有细密的淡灰色茸毛。但是他的眼神，有了游离的光。

初夏的温度，那天下午和以往无数个无聊的下午没有两样。我吃过午饭，从县城出发，回一个名叫泉堰的村子。大路朝天，漫长得让人绝望；远处，绿树簇拥着人家。在一个土生土长的乡村少年眼里，此时此景，丝毫没有中产阶级心目中向往的安谧和静美。他已经在空旷的天与地的夹缝之间行走大半天了。没有汽车可坐，连牛车也没有，这倒也不打紧。问题的关键是，他，一、个、人，踽踽独行。他的脑子是一块贫瘠的庄稼地，连试图想点什么都没有素材。目力所及，皆是荒芜。

少年一路向西，从坡地上直奔而下，在岔路口向右拐，然后，他就撞见了那个少妇。他看见她的时候，她抱着孩子，身体微微倾斜地站着，正和一个男人说话。说话的内容，他当时就没注意。她的模样儿，面容、发型、身材、衣着，他现在也记不清楚。他只记得，她穿裙子，平跟皮鞋。裙摆以下，皮鞋以上，是雪白的腿——那种白，夺人眼球，深入骨髓，无比的干净，几乎让他眩晕。那种雪白是他未曾见过的颜色，他的世界，其实也就方圆几里，但他知道，这不是一双庄稼人的腿，庄稼人的腿如有那样的白，无疑是一种罪过。

那个下午，其实只发生了一件事：她的白的腿，他见一次，就记住了。

那个无聊而平常的下午，因为这种白，而永久地停留在少年的记忆中。现如今，我回想起那个不寻常的下午，并且思考：那个下午究竟意味着什么？我想，答案大概是：一个孤陋寡闻的少年，看到了方圆几里之外的东西，知道了这世上，除了古铜色的肩膀和满是泥巴的脚丫子，还有雪白干净的腿；除了面朝黄土背朝天，还有一种让人呼吸急促的美可以追求。这个答案，是若干年之后的我，给当初那个懵懂、无知、略微惆怅的少年总结的，当时的他，眼里看到的是荒芜，心里装满了绝望。他的内心掀起了波澜，可是这波澜没有去处，他当时用了一句自以为很酷的话来形容自己：思想上的巨人，行动上的侏儒。

行文至此，我心里不免惴惴不安，耳边绕着这样的风凉话：不就是看到了少妇的白腿吗，至于铺排这么多文字吗？没错，在我们生活的光怪陆离的大城市，齐臀小短裙都已经司空见惯，琳琅满目的大腿把我的冲动频率训练得越来越少。据说，AV 男主角其实很痛苦——对于这一点，大多数荷尔蒙旺盛的男青年打死也不相信，他们大骂道：得了便宜还卖乖。我觉得这恐怕与所谓的"审美疲劳"同理吧，再美好的事情做多了，一直做，当职业去做，肯定会疲劳。我的意思是——嘿！说风凉话的哥们，我能理解，也很认同，但是你们忽略了一个前提：在那个少年的世界里，满目荒芜啊，所有的人都一个样，所有的活物都一个样，人和牲畜，都在泥巴里打滚，没有雪白干净的腿。

关于那个少年，我就此打住。如今的我，因为工作缘故，东奔西走，到过很多地方，见过美好的事物，以及更多的荒芜。一位少妇的腿，已经不会在长了老茧的心上掀起什么波澜了，心旌摇曳的时候越来越难得。只是，我认真打量方圆几里之内的周遭世界，心里的惆怅依然久久不能平复。让人绝望的是，我发现自己还是一个侏儒，走在大街上，豪车呼啸而过，扬起的灰尘混合着尾气，很轻易地就把我淹没了。

一个沉默寡言的少年长成了一个沉默寡言的中年人，悠悠岁月过去。我不禁自问：光阴呀，你究竟给我们留下了什么？其实，我们的生活在往好的方面变化，可被购买的物质越来越丰富，可以说话的地方也多一点。尤其是拜互联网技术所赐，老百姓有了表达机会。大家显出话痨本色，网络世界里充斥了喧嚣之声，好生热闹。人们的视线被密集的事件所吸引，可是，大家又都缺乏耐心，忽东忽西的，兴趣总被突兀的字眼牵引着走。

我大学时代的一位同学，如今是一家纸媒的主编，我出差到他的地盘，总要找他喝酒。有一天，我们在酒吧里小酌，看上去很小资的样子。聊到了时下值得一书、不会那么轻易就被时间淘汰的选题。他随口说道：现在，矿难之类的话题，已经是垃圾了。我心里一惊——没错，从一个好选题的角度来说，"矿难之类的"，确已过时，而且处处充斥，有些泛滥。大众的眼睛早已对此类词汇丧失了敏感，这些都不再是他们感兴趣的话题，媒体也不乐意浪费版面。我挑不出这句话的错误，可是，我想，不应该这样，这样不应该的。我不知道用什么词描述我当时的感觉，想了很久，大概是：如鲠在喉。

我想，一个更美好的世界，不应该浮躁，不应该对常识熟视无睹，不应该让大家活得火急火燎。在商业之外，还应该有慢生活；在钢筋水泥的丛林之外，还应该有青砖黛瓦；在沥青和尾气之外，还应该有青草和泥巴；在时尚之外，还应该有教养；在灯红酒绿之外，还应该有人读诗；在酷和有型之外，还应该有格调和情操。如此等等，不一而足。

美好世界的遐想

每次出差回到自己所在的城市，一路的风尘和劳顿还没有抖落，但是心里已经有一种踏实的安全感。总觉得，在自个儿的地盘，即便不认识路，也不会走丢。迎面而来的万家灯火，攒动的人影，以及微凉的夜风，都是似曾相识的样子，弥漫着熟悉的气息。我有过很多次迷路的经历，在一个完全陌生的地方，午夜时分，四顾无人，一个人手握方向盘，漫无方向地乱撞，心中的恐惧无以言表。如今，我早已经能熟练运用导航设备，准确地让自己抵达目的地。可是，在一个陌生的地方短暂逗留，依然有不适感，脚踩在异乡，心里不踏实，没有安全感，如同多年来不曾克服的毛病：换一张床，必然失眠。这些不良反应，让我天生不能成为一个旅行家，而有的人天生就是，他们中了旅行的毒，身体不在路上，真的会死。

　　我意识到，自己终其一生，也还是在方圆几里之内折腾。所谓的出行，无非是在这个面之外，旁逸斜出的几个点和几条线而已。我站在困顿已久的樊篱之内，翘首眺望远方，只是叶公好龙。我的心里装满了对美好事物的遐想，因此惆怅绵绵无绝期。这么说来，现如今的我，与多年前的那个少年并无二致。

抵达另一种生活

其实我今天的愿望非常简单：去图书馆把书还了然后再借几本新书。当我准备出门的时候，天公不作美，羞羞答答地下起了雨。家人劝我：天气不好，算了吧，改天再去。我犹豫了一下，透过窗户看了看屋外，阴沉沉的天，冷飕飕的雨，一副凝重的景象。不过，这雨不算大，风也不算强劲，似乎不会给出行造成太大的麻烦。我又想了想，即便去了图书馆，恐怕也找不到合胃口的书。我每次去那里，在书山纸海中寻寻觅觅了大半天，也就是拿了几本还凑合的书遗憾而归。倒不是好书少，而是意气相投的书少。想到这里，我的脚步又迟疑起来。终于还是没有出门，缩在家里，无聊赖地陪家人看肥皂剧。顺便提一下，某些肥皂剧之烂俗，真的让人

我知道没有人值得我羡慕

忍不住要去撞墙。

很多事情其实都经不起犹豫和迟疑，因为颠来倒去地想一想，那些事情恐怕都不是我们特别想去做的。每天给自己打点儿鸡血，做出一副孜孜以求的样子，其实很容易就被一句"不过如此"打败。追求的过程蛮辛苦的，可是结果往往像方便面里被脱干了水分的蔬菜，样子还在，却完全不是那么回事了。不过，既然花了钱，付出了代价，结果只好接受。

有一段时间，我脑子抽风，特想找个僻静地儿散散心。我当然没有得逞，其中的原因，我也道不清楚。幸好，脑子抽风这种事，是可以被时间摆平的，不治而自愈。当然，总有些事情不是这样的。

我有一个朋友，和妻子闹离婚。过年的时候，我照例去他家串门。他在饭店摆了酒席，一大帮子亲戚朋友围桌而坐，大家推杯换盏，觥筹交错。我朋友小心地应承着场面，他妻子坐在一旁，默不作声。自始至终，他们没说过一句话。告辞的时候，我把他拉到一旁的僻静处，说了些"为孩子着想"、"以家庭为重"之类的话。我知道自己说这些无关痛痒的话挺没意思，也不起狗屁作用。时间一晃而过，如今，惠风和畅，春暖花开，我们坐在湖边垂钓，他已经是孤家寡人了。一平如镜的湖面倒映着蓝天白云，岸边水草青青，迎风而立的垂柳丝绦婆娑。此番情景，夫复何求？朋友却怅然若失。我瞥了他一眼，心想：瞧你丫德性，不是死皮白赖地嚷嚷离婚吗，现在得逞了，难道不该兴高采烈地绕湖裸奔吗？怎么反倒摆出一副垂头丧气的样子了？早知现在，何必当初呢？——我没离过婚，不能理解他此刻的心情；当然，我也懒得了解。人就是犯贱，一忽儿这样，一忽儿那样，真的那样了，又想着这样。

无论如何，我还是佩服朋友的勇气，也祝福他在不久的将来拥有幸福生活。水木丁说，一种生活和另一种生活之间的距离，只是咬咬牙、狠狠心那么短。有些人，身陷在糟糕生活的泥沼中，连挪动一下位置的勇气都没有，麻木不仁地掰指头数日子，直到与地球告别的那一天，蓦然回首往事时，因为虚度年华而悔恨，也因为碌碌无为而羞耻，更不能够坦然地说：我已经把我的整个生命和全部精力都献给了这个世界上最壮丽的事业。总之，这个人虚度了光阴，只有追悔，没有欣慰。

其实，本文开头的那个事我还没说完，写到这里，我觉得有必要把事情说完整：下午，我实在不能忍受烂俗肥皂剧的折磨，一生气，夺门而出。因为走得匆忙，连车钥匙都忘带了，我不想回去拿，就上了300路公交车。一路上走走停停，停停走走。在我前面的前面，是一位亭亭玉立的美女的背影。上帝早就教导我们，有意错过美好的东西是罪过。所以，我的眼神一直没有离开过美女的背影。直到抵达目的地，我才恋恋不舍地下了车。下车一看，哇，雨过天晴，太阳公公笑眯眯地看着大街上人来车往，川流不息。我直奔图书馆，虽然还是没有找到合胃口的书，但阅览室东南角的第二个座位上，一位漂亮女孩正在安静地看书。我淡定地找了一个角度合适的位置坐下，偷偷欣赏了一会儿，觉得很美好，然后麻利地走了。

　　人生就是不断选择的过程，有时候就需要咬咬牙、狠狠心，更需要有愿赌服输的精神。

你有一万个放弃的理由

在乳牙还没有全部换掉之前，我寄居在爷爷奶奶家。有一阵子，小叔新婚，我又多了一个姨。反正我已经有好几个姨了，如今再多一个，自己完全没当一回事。这位新的姨，嫁过来的时候，带着她的亲妹妹，说是来玩的。我对新姨的妹妹特别有好感，无来由地喜欢。每天傍晚，只有在她的伺候下，才会乖乖洗澡，换做其他人，我就喊破喉咙，不许他们近身。当时，这几乎是我向她表达好感的唯一方式。

有一次，我们一大家子人在屋外乘凉。当时正值仲夏之夜，月朗星稀，天空高远，我仰面躺在竹席上，享受夏夜微风。奶奶突然提鼻子乱嗅一气，然后冲姨的妹妹说：你的脚真臭！众人附和，姨的妹妹羞愧地蜷起脚。我的男子汉气概油然而生，愤愤然说：你们闭嘴！说完，转过身去，把鼻子凑到她的脚下，然后若无其事地继续乘凉，没再多说一句话。我的举动出乎所有人的意料，众人愕然，姨的妹妹更是局促不安。但是，她领会了我的好意，因为第二天，她不知道从哪儿弄来了一粒花生糖，趁人不备，塞进我的口袋里。我至今依然认为，这件事是人生中乏善可陈的一个亮点。

过完了夏天，不知道怎么回事，我不再喜欢姨的妹妹了。她拜托我做的任何一件事，我都置之不理。我还学会了自己给自己洗澡，我用这个方式表明了自己的立场。我想，她应该感知到我对她的态度有所转变，因为真正的秋天还没有到来，她就离开了。我承认，她走之后，自己在相当持久的一段时间内都若有所失，但也谈不上后悔。

我上学前班（这是我所在年代的专属名词，相当于现在的幼儿园大班）的时候，莫名地喜欢一位文静女生（瞧，我多专一，如今自己依然对文静的姑娘情有独钟）。上体育课的时候，大家都没来由地发疯，可是我小小的心上人儿不喜欢笑，风吹乱了她柔软的头发，她的忧伤让人心疼。我在单杠上摆出猴子捞月的造型，还把绳子甩得虎虎生风，终于逗笑了心上人儿。她露出整齐洁白的牙齿，好看极了。我心花怒放起来。

放学回家的路上，总会遇见一条凶神恶煞的狗。这狗摆出一副怨毒模样，好像对世界非常不满似的，冲路人狂吠不已。我自觉承担起护花使者的责任，每天送她入家门，才算完成使命，然后依依不舍而去。有一次，天降大雨，电闪雷鸣，我没带雨伞，不过这又算得了什么？我的心上人儿擎一把碎花小伞，飘进了雨幕，我毅然决然地紧随其后。雨很快就淋湿了衣服。走出校门，穿过林阴小道，心上人儿突然转过身来，无限柔情地对我说：一起撑伞吧，我可不想你感冒。当时，一道明亮的闪电划过天空，雷声由远及近，滚滚而来。幸福的感觉就这么骤然而至，实在无比奇妙。

你也许已经忍不住嗤之以鼻了——我讲述的故事，类似于五岁男孩吻了四岁女孩，然后神情庄重地说：我会对你负责，因为我们都不是三岁小孩了。这听起来无比幼稚、可笑。或者，你看出了一个小情种的端倪，鄙视我的色狼本性。不过，我可不这么认为，我觉得自己小时候是个敢爱敢恨的孩子。那时候，我从来不关心这些爱恨的来由。爱就爱了，恨就恨了，自始至终没翻找过《十万个为什么》之类的百科全书。

可悲的是，我长大之后，一改本性，变得小心和犹豫起来。我经常咽口水，尤其是在众目睽睽的场合，咕咚咕咚地咽个不停，把堵在喉咙口的话咽回去，自己消化掉。我意识到自己人微言轻，说了等于没说，那就干脆不说吧。我不想出头，不想招惹目光。我的爱憎不再分明，对喜欢和讨厌的人都态度暧昧。一见钟情这种事也还是常常发生，不过，这只是我一个人的事儿。我虽然心猿意马，激动得像怀揣一只兔子，但表面上给人的感觉是冷飕飕的。我在心里盘算：她究竟有什么好的？值得我付出爱吗？我配得上她吗？被泼冷水怎么办？爱了又怎样？……我的脑袋像高速运转的硬盘，运行的结果却是：基于上述理由，还是不爱为妙。于是，我收敛了刚刚发芽的爱慕之情，低调再低调。我因此错过了赢得真爱的机会。

其实，我想说的不仅仅是爱情。今天下午，公司召开第三次新项目研讨会议，主题依然是"做或者不做"。大家对新项目盈利的可能性忧心忡忡，并罗列出市场准入的种种壁垒，以及自身资源的薄弱。随着讨论的深入，我逐渐意识到，这不是一场研讨会议，而是大家聚在一起，为了不去做这个新项目而寻找合理的借口。会議一开始，所有人都是在这个大前提下开始发言的：困难层出不穷，咱还是别干了。

可是，哪些事情没有困难和风险呢？就连吃饭也可能会噎死人，不是吗？大家都忽略了一点：问题是用来解决的，而不应该是我们决定放弃做一件事情的理由。

我意识到敢爱敢恨是难能可贵的品质！我们长大了，总试图寻找一万个理由不去做事，这反倒成了我们活得如此悲摧的缘由。

立正！我要检阅人生

这是高中时候的事情了。我吃完午饭，从食堂出来，穿过天桥，远远地就看到走廊尽头一个熟悉的身影。此时，天色略暗，雨声淅沥，凉风轻拂。时光停泊在这个稍显暗淡的夏日午后。那个身影是我暗恋的女生。我下意识地放慢脚步，努力不看她，可是眼睛不争气。我发现，她静静地站在雨幕前，没有一处不完美。走至楼梯口，我不敢停留片刻，迟疑的脚步终究渐行渐远。飞奔到二楼，好不容易找到一个能看见她的角度。俯身望去，一辆黑色轿车缓缓停住又匆匆驶离，她已经不见踪影了。那天是周六，上午补习，下午放假。我独自回到教室，麻利地收拾好课本，径直冲进自行车库。

那时候，早恋被视为不合时宜，在爱情不允许发芽的荒原上，其实早就长得萋萋离离了。富家子弟们有锃亮的小车接送。他们的篮球鞋很贵，是带气垫的那种，据说有助于弹跳，还有很好的减震作用；而我只有很普通的回力鞋。我用相当实惠的价钱买来的一双气垫鞋，在打完第一场篮球赛之后就彻底报废了。我没有富余的钱请女生喝奶茶。每个月少吃几个鸡腿，省下的钱也只够买两本书。我的成绩不出色；长相中不溜秋，走偶像派明星路线肯定没戏，就连特型演员也做不了。总之，是平庸的那一种。和富家子弟们混在一起，我实在没有开心的理由。球场边女生们的喝彩，以及她们悄悄投递过来的目光，我都觉得与自己没有半毛钱的关系。我那时候应该有点自卑。

那天下午，我不穿雨衣，噌噌噌地把车蹬得飞快，雨水迷住了眼睛，心里充满悲伤。我想到我的未来就是一个谜团，而我的现在又被雨水彻底淋湿，俨然一只落汤鸡。我配不上那女孩的十分之一的美好。

后来我恋爱了。心里既填满了美好的感觉，又诚惶诚恐，不敢相信爱真的得到了回应。我紧握女友的手，坚信自己找到了幸福，但不能确定会不会永生永世。我爱她爱得发了狂，目光只是短暂地离开，思念就漫延而来。有一天，我们同游江南水乡，晚上住在临河的客栈。其时，并非旅游旺季，华灯初上，人迹寥寥；河面上迷离的灯光随水波浮晃，微风送来阵阵凉意，对岸的戏台上有人正幽幽地唱小曲。女友听得入神，不时按下相机的快门，为时光留影。我躺在藤椅上，俯仰天地，唯恐此时此景乃是迷梦一场。我每每置身于美好时光，内心总怀有深深的恐惧。既是不敢相信，又是害怕失去。我痴痴望着女友的背影，心中窃想：我能许给她一个美好的未来吗？

我曾在一家军医院小住过一段时间。有一位亲戚在医院里主事，所以自己得到了额外的照顾：单独拥有一间病房。对于喜欢独处的我而言，这真是善莫大焉。尤其在当时，我心情阴郁，不愿见人。病床不适宜睡觉，狭窄而坚硬，而且不牢固，翻身时总听到它吱吱呀呀的呻吟。我怀疑制造者对病人怀有某种仇恨。又因为那可恶的失眠症，我经常在午夜时分圆睁两眼，痛不欲生。时间有时候逝去如飞，有时候又走得格外艰难。我终于盼来了曙光。住院楼北边是军队的驻扎地。这座城市还没有醒来，士兵们就出兵操了。我站在窗前，远远俯瞰他们排出规整的队列，井然有序地重复训练动作。他们恪守规则，遵循严格的要求，生活一板一眼：排队洗漱，排队吃饭；到点就睡觉，到点又起床；走路时两人成排、三人成行。不知道为什么，我对他们的生活充满了向往之情。自己已经很久没有那么规律而自控地生活过了。

在我住院期间，那位亲戚正好喜得贵女。阳光明媚的日子，他就怀抱小家伙到院子里晒太阳。刚刚来到人类世界的小生命，蜷缩在襁褓中，双目紧闭，几近透明的皮肤弹指可破。小家伙的父亲又喜又惊，感慨于新生的奇妙。他目不转睛地盯着女儿，许久，才抬起头，有些戚戚然地说：唉，我真的蛮担心她的未来。我问他何出此言。他说：我是男人，对男人世界里的龌龊不堪太了解了，我担心女儿会伤到伤害！我对此深以为然。

如今，我自认为走出了自卑的阴影，对锃亮的汽车和带气垫的篮球鞋毫不在意。虽然尚不能自信满满地告诉心爱的女人：亲爱的，我值得你托付一生，我会送你一个美好未来。但是，我也不会因此心生恐惧。我意识到任何收获必是努力的结果，我所拥有的一切都是实至名归。

那么，究竟是什么力量使我依然不能免于惶恐呢？

大概如亲戚所言：我身在男人的世界，深知这个世界的龌龊不堪，而自己也没少做过荒唐和愧疚的事，心上蒙满了尘埃，觉得自己灵魂肮脏。身临美好时刻，有缘与良人相视而望之际，恨不得掏空心肺，在清流中浣濯一新，唯其如此，才配得上伊人的素颜无邪。于是，我知道了这世上还有一种活法，叫：让自己心安理得。

立正！我要检阅人生

我知道
没有人值得我羨慕

无背景之抒情

臆想的城池

　　一座城池可以是一个世界，我想象它回复至久远的年代，以自给自足的自然经济作为它存在和延续的基础，那么，它就可以遗世而立，傲然尘俗了。我在内心这样暗示自己：它灰白的墙垣过于古旧，过于封闭，过于精致，过于唯美和遥迢，是众生如我今生今世难于抵达的情境。尽管如此，我奔突于广袤原野的孱弱灵魂依旧穿越炫目的神光去仰瞻一座城池，一座兀自伫立，赫然昭示的古老城池，它孤寂如剑又高贵如磐，清绝如崖又冷艳如冰，缄默、隐退，幻化为可欲而不可求的信仰和图腾。

　　一直以来，我都渴望一次远行，于苍茫天地间，踽踽一人。行走同样可以升华为一种生存方式，只要主人公

勇敢决绝地与现世牵拌作一次彻底的断裂，泯灭尘世的忧喜，恝然西去。我在行走中看见向晚的旗帜袅娜如缕。风起云涌的一瞬间，古老的城池泰然伫立轮回，坚实厚重的积淀使它具备一种气定神闲的特质，从容不迫地拒绝一切觊觎。它太美了，以至我无法纵容向往爱慕之情的萌生和滋长，认为那是对它无理冒昧的亵渎。它的严正圣洁逼视卑微的灵魂，胁迫一切懦怯者猥琐者源自城府的战栗，他们没有挺拔的脊梁和正直的人格，只是畏缩着战栗、膜拜，哀嚎着被吞噬、被蒸腾，杳无踪迹。

苍山如海，残阳如血。我无数次臆想过这样的情境，是的，在风雨如晦的岁月，在腊月寒风的不眠之夜，对峙一室虚空，思想凝滞，斯时斯刻我会刻意营造一种意象，仅仅需要一个关乎细节的契机，铺展如云的诗句就汹涌而至：

> 黑夜没有眼睛，潮起潮落
>
> 无边的海。我的灯火吐蕊
>
> 屋顶退却，收敛诡计
>
> 紧抿的嘴角滴落暧昧的欢笑
>
> 面目狰狞的鬼呀，忘情舞蹈
>
> 目力所及，便是寂寞泛滥

我用心血铸就武陵人的窝

它足够温暖，层层叠叠

封裹自缚的茧

容我安睡，容我藏匿

容我躲避今世今生的情非得已

日夜流着，岁月过去

一些纷错追寻的云烟

一些稍纵即逝的安慰

　　我写诗依靠直觉，与其说啼血词句，毋宁说呈现萦系脑际的意象。"窝"不过是城池的另一种陈述方式，两者承传相系血肉相连。迄今为止，我尚无法断定我构筑城池的初衷是仅仅需求一次灰飞烟灭的逃匿，还是真心渴望一次由量到质的飞跃，抑或两者兼求？应该是九月的温度，我贪图一场遥遥无期的睡眠，安静的睡眠，越过谷雨、惊蛰、冬至、春分，直达彩运流溢的黄昏。日暮的斜阳款款流淌，我看到落霞的羽翼层层包裹下的城池，安详宁静，凄美异常。龙袍裹身的王闭门谢客，万里江山让他疲倦，黎民百姓让他疲倦，他不再耿耿于群臣朝贺的虚荣和呼风唤雨的权限。他渴求一场劫难，在春意泛滥、风和日丽的午后，遭遇一次刻骨铭心的拒绝。夜色阑珊的时候，他独自凭栏，如银的月色悄然流泻，薄如蝉翼的罗裳禁不住露冷叶梢的凉意，他在慵懒和叹息中看到美人的脸，月色朦胧中，她更美了，倾城倾国。他忍不住伸手触摸，却打破了一镜的花容，随波而散。

海子在他的夜歌中这样吟唱：

村庄，在五谷丰盛的村庄我安顿下来
我顺手摸到的东西越少越好
珍惜黄昏的村庄，珍惜雨水的村庄
万里无云如同我永恒的悲伤

海子是我喜爱的诗人，纯粹的诗人，如水的诗人，有着汹涌澎湃的诗情，恣肆汪洋的言语和蓝色透明的忧伤。忧伤是命里注定的，源自对生命本身的挚爱。我只能说海子是一个血肉的人，一样的向往自由，一样的渴求温暖，对峙心灵的苦难又懦弱地选择逃匿。他在沉思中听到了血涌，并起立歌唱。笔尖划过一纸空白，语言的鳞片四处剥落，刀光剑影。强烈的生命意识涨破了语言的外壳，阳光的锋芒灼伤习惯黑暗的眼睛，流泻的激情昭然而出，逼视而来，让灵魂颤抖。

　　海子的村庄和城池有着本质的相似点，一样隐喻着某种纯净的逃匿和高贵的求索。对俗世的规避昭然若揭，对平庸和矫饰的假象天然排斥。

　　秋天，古老的城池落叶飘飘。赤火流溢的华彩在雾霭的氤氲之下归于淡泊和乖戾，丧失了剑拔弩张的血性和忤逆，听顺于理性和体制的唆使。一个诀别欲望归于宁静的季节。阳光暧昧，气候湿润，雨水丰沛。婆娑依依的桂树竟自擎一轮皓皓明月，伫立中天。

　　深冬，我闭关一切通往冥间的门扉和洞口，谢绝任何形式任何内容的喧嚣。俗世的樱花凄然落尽的时候，古老的城池迎来入冬的第一场雪，缤纷绽放的花朵啊，有着怎样晶莹剔透的肉身和妩媚卓绝的气韵？夜晚，我听到寒风呼啸的声音，以及众神游走纷沓而至的跫然足音。城池以内，欢笑的火焰，温暖簇拥，我悄然蛰伏销声匿迹，独自言语独自欢悦，独自拥抱小天地的一脉温情。

　　初春，古老的城池传来冰河皲裂的欢畅鼻息，响彻天幕的轰鸣自远而近，日光的鞭子以嗔怪的口吻催促小不点儿的鹅黄四处游移。

城池的寓意即自我构想中的生存形式的内涵和外延。我赋予它永恒宁静的意义，界限分明的城垣和森严厚重的骨骼。置身其中，你可以感受到空旷孤独的力量逼视灵魂时的窒息和局促，可以清晰真切地聆听它细微又连绵的呓语，你甚至恐怖地预想危险的骤然而至，或者在你目力无法顾及的阴暗角落伸出一只手，死而复生的求援之手，突兀着，痉挛着，久久挺立。恐惧和茫然的泛滥使我丧失了来时的决心，我迫于无奈开始了一次重新审视的历程，艰难地平息对与错，是与非的纷争，然后不无遗憾地陷于两难之境，优柔徘徊，诚惶诚恐。

　　城池是我背弃体制踏足远行的归宿点。因为它的游离尘世，我的跋涉艰难又遥遥无期，一路荆棘。致命的是，我不得不止于路口陷入思考：城池的笑貌音容于我而言，究竟是懦弱的逃匿，还是圣洁的求索；象征我安于内心的修习，固守心灵的封地，或者干脆流于自赏自怜、矫揉造作的囹圄。

　　关于城池的记忆细密又忧伤。我在无数个身心疲惫的夜晚，无限深情无限温存地想望一种意境。斜阳落幕，氤氲的晚霞弥漫了蓊蓊郁郁的林子，一个女孩，有着轻舞飞扬的碎发，柔和脆弱的唇线，缄默着，与我相偎而坐，看怅然逝去的飞鸟，风吹过来，撩不起丝丝缕缕缱绻缠绕的忧愁、烦恼、落单、无奈、沉沦。我感受到生命的富足和宁静，不掺杂一丝一毫的欲望和功利，完完全全真真切切地释放自我，拥有自我，抵达优游广阔的自由空间。

青春的希冀如此简单，而追寻的路途却艰辛又漫长。

远远地，我可以观望城池古拙肃穆的灰色方砖，暮色掩映下的浑圆棱角昭示出阅尽风雨、斧烂柯沉的沧桑。它是那样亲密无间地与土地相连，它遒劲厚实的躯体原本就是大地衍生的枝节。我开始感到风雨兼程的困顿，脚步滞重，但必须坚持，因为一路上没有可以休憩可以停泊的驿站，沿途的丑陋、怪诞、刺鼻、龌龊、淫逸、矫饰、心机……都让我不堪苦痛歇斯底里地陷于绝望。

城池无疑是一个安静的去处，它有足够的空间供回音荡漾有足够的密度让目力驰骋，它有着迂回曲折的格局和幽邃狭长的石径，饱满而不拥塞，充实而不芜杂，舒展而不空阔，气宇非凡而不一览无余。

我再一次伫立，久久凝视云霞缥缈之中的古老城池。

臆
想
的
城
池

杜撰纪

　　我在春天偷采的一朵栀子花，容颜不老。穿蓬松吊吊裙的法师肯定藏有猫腻，因为它的八字须在晚上闪着蓝光。

　　狐狸精踏雪而来，目标是遗落在墙角的葱头木屐，据说，动歪脑筋的人穿上它可羽化成仙，登上五彩琼楼。

　　狐狸精很美，还准备用红唇诱惑我上当。幸亏有短腿小矮人帮忙，它们的歌声汇聚成力量，差点吵醒了冬眠的春天。我趁势坐到床头，高声诵诗。从诗集中漏下来的黑白古人一哄而上，七弄八弄地，就擒住了很美的狐狸精。

听说喝红酒可以美容，我就每天抿一小口。就一小口，坚持九九八十一天。

王母娘娘在七千岁寿辰那天召见我，她托着我的尖下巴说：丫的，怎么就像颗青皮葡萄。我思忖半天，不知道她是夸人还是寒碜人。

不管怎么说，我还是把随身携带的青菜虫偷放进侍女的香囊。那些肥嘟嘟的家伙，内心骚动得很，在我不知情的情形下长成红脸蛋的蘑菇，真吓坏了可怜兮兮的侍女。

今天是诗人的生日，早上，我撑一叶扁舟前去祝贺。太阳光顺着水波跑得气喘吁吁，连抖一抖身上露水的机会都没有，一不小心就落在后头。

我把自己三岁之后就再也穿不上的开裆裤当作礼物送给诗人。诗人露出健康的牙齿，眼角的鱼尾纹一缕一缕叠加起来。

为了有所纪念，我们用细齿小木锯放倒了院落里的一棵银杏树。闻讯赶来的邻居散坐在青石台阶上，无所事事的样子，一看就知道是游手好闲之辈。树干一倒下来就不见了。我摸了摸留在地上的年轮，抬头看诗人，他已经变成了满脸皱纹、白发苍苍的老人。我惊恐地睁大眼睛。诗人拍拍我的肩膀，他说，你会明白的。

我梦见骑马人举着娘的名字在雪地奔跑。我梦见猫耳朵草排队跳进竹篓。我梦见三只小鸟抱成一团冷得直哆嗦。

早晨到底是怎么来临的，我一直想问一问起得最早的人。可是，隔壁的王婶婶说，早晨其实就是把晚上往外拱一拱。这句话说得很含糊，我想进一步问她。但是她撩开上衣，忙着奶怀里的孩子，没有给我留下插嘴的缝隙。

终于有一天，我拼命做完了要做的梦，一骨碌从床上爬起来，连裤子也不穿了，就直接跑到门口。我看见世界还没有被太阳光照亮，空气里弥漫着露水的清凉味道，不爱抛头露面的蛐蛐儿躲在草丛里唱着酸酸甜甜的歌。而娘已经在灶头上下忙忙碌碌，让一天的生活开始动起来了。

我的早晨就这么到来了。

我讨厌不听话的小伍，还因为他话多，总是让我的午觉睡得不踏实。我已经忍他很久了，今天借这一肚皮的火气，狠狠给了他一个下马威。

小伍低下头，伤心极了。他忍不住哭起来，哭声越来越大。我塞住耳朵。天哪！小伍竟然变大了，越变越大，我伸出手来也够不到他的一颗脚指头。他的泪水砸下来，弄湿了我全部的衣服。

我乘风筝上天，伸手拍拍他圆溜溜的鼻翼，脸上挤出友好的表情。磨了半天的嘴皮，最后答应买给他棉花糖，他才停止了哭泣，慢慢变回原来的样子。

但是他的裤子被树枝挂住了，拿不回来。知了笑歪了长嘴巴。阳光照着光屁股的童年。

蚕宝宝吃桑叶，我喝的是黑米粥就马兰头。

冬天很长很长，蚕宝宝打了一个呵欠，我看见它的叹息是乳白色的。

我们去屋外扫雪，蓝色的曳尾鸟低徊于空中，像一只能够移动的眼睛。它用女声唱法唱出咒语，把善人困在睡眠里。

它肯定看不见我们。雪还是没完没了地下。如果被蓝眼睛发现，会被当作害虫吃掉。我们屏住呼吸藏在雪堆里，时光的脚步从头顶踩过去，碰了我一鼻子雪。

我走过玉米地的时候，不小心听到三只鼹鼠的密谈。它们已经够小声了，风还是把不宜公开的内容捎到我的耳朵里。

它们商量好，今天晚上用隐形药水藏好整个家族，然后将村子每户人家的地窖搬运一空。

我跑回村子，用足够的耐心挨家挨户散布这个坏消息。可是大人们很自信，他们把我的话丢在墙角，继续干手头的活计。

后果你也知道了。他们遭受到惨痛的教训，一个挨着一个站在我家门口，像小孩子一样哭红了鼻子。

一只回娘家的乌鸦发现家园已经荒芜，它的黑色翅膀比夜色更浓重。

伤心的乌鸦落在屋顶，用沙哑的声音逆着风喊自己的娘亲。我透过天窗，看见它的黑色爪子受了伤，正流着血。

刮过屋顶的风把时光撕成一缕一缕的静。伤心欲绝的乌鸦愤而振翅，抓起我的小房子飞向远方。我蜷缩在床上，感觉到世界摇摇晃晃。

不知道它飞累的时候，会把我丢在一个什么地方。

我在寒风凛冽的时节，臆想一座城池。那是一座比故乡更温暖比爱更烫人的城池。

我生活在此地，餐风饮露。日子像穿城而过的流水，无头亦无尾。

雪霁云开的傍晚，风停了。破壳而生的太阳并没有普照众人，它只眷顾我一个人，将最深情的回眸写在我俯身凝视的地方。

流连风景的人越走越远，最后忘掉了各自的姓名，就再也回不到故乡。

他们在桃林深处躺下歇息，头顶桃花怒放。梦里雨水如注，醒来就到达秋天。

满目荒芜啊，才知道自己是如鸿如征雁的过客。

我曾在春天，隔着新绿初萌的嫩柳，隔着随风婆娑的烟雨，隔着睡意蒙眬的弯月，看一片湖水。

我曾在冬天，隔着翩跹飘零的初雪，隔着阴郁不开的浮云，隔着绵软多情的暖阳，看那一片湖水。

我站在岸上，有时候坐着。湖水无声无色，近于空明，但我相信，上面必有时光静泊。

我在走过的路上捡拾落蒂的种子，锈蚀的马蹄铁，孩子的小脚印，鸟在春天唱出的音符，一只兔子从遥远的田野带来的风声。

不要开口，这是一个宁静的早晨，雨露的梦境还在草叶微敛的手心里熠熠生辉。在草木成群、五谷生长的世界，我们都是面蒙尘埃的人，矫情地唱颂海天空阔。

门扉不再为武陵的渔人洞开，这是一片停泊在唐诗宋词幻化之境的天地，担不起万丈红尘的风和月。只有摘下首级、内心澄明的人才可能抵达它幽冥的深处。

一马西去的路上，我把所有的悲悯分给那些面朝黄土、跪着承担一页页黄昏的人。

是什么让人流离失所？是什么引发无尽的乡愁？还有什么参不透饮不够？亲爱的朋友，再给我一点点温暖，就可以穿越那些飘满雪的冬天。

所有的风都吹向你，所有的日子都指向你，所有的麦穗都倒向你，你在落满雪的窗前画明天的模样。在人人都应当珍惜的好时刻，为自己燃一把火，走出一粒沙子的世界，看细水长流，爱尘世风月。

真不应该啊，要不是那天带你去看繁华世界，如今你也不会捏着干巴巴的日子心里抓狂，像怀揣着一只兔子。

雪下得大了，躲在草堆里的小马驹还是忍不住直哆嗦。其实我读透了你的心思，可是没有坐骑，我也不能带你穿山入海。

一个人过冬天，你要慢慢学习如何在想象的世界里取暖，如何用耐心一遍又一遍淘洗那么多过不完的日子。

你长大了，学会了动脑筋，竟然把自己藏在穿衣镜的后面。我找你一上午也没发现蛛丝马迹。我被吓哭了。你出来之后在镜子里狠狠打量自己，转过身来的时候，你就是一副失魂落魄的样子，好像自己把自己弄丢了。

月光朗朗的晚上，我看见一个人蹲在屋檐下磨镰刀。他像一团影子，只见轮廓，刀却在月光下荡漾着光亮，像流动的银子。那个时候，我正踏着一路风尘赶回家乡，刚到村口，就碰上了这个磨镰刀的人。我一下子嗅到了家乡的全部气息。我都不用开口问他是谁。他是要把月光磨成水吗？

春天什么时候到，芭蕉什么时候绿，我们离别时落下的内伤什么时候痊愈?

　　你看这样多好,我每天都要确定一下你的模样,有时候想得深了,就要用意志鼓励自己。你离开这么久,生活好像并不非常糟糕,可是我的心上爬满了荒草。

　　风从屋顶经过,它们的脚步踩出了声音,也只有在天寒地冻的时候,它们有这样的兴致出来抖一抖威风。

　　我把虚掩的门关严实,点上灯,无所事事地坐在床沿,如果有唐诗中的红泥小火炉,我想用雪水煨一壶茶,暖一暖骨头。

　　不用多长时间,外面就会暗下来。风从四面八方涌来,屋子里灌满了风声。

　　每一个入口也都是出口。我想在入口处与你把酒言欢,先不说起明天的样子。

　　你看啊,天色将晚未晚,为什么不坐下来,说一说儿女情长。你看看我们携手种下的玉兰树,月亮还没有升起,她安静地站着,多像一位对爱情沉默寡言的处女。

　　那么多花花草草像春天一样在平原上铺展开来,放眼望不着边际。微笑了一天的太阳把最深情的一次回眸留给我们，时光静静地停泊在此刻。我们坐下来，什么也不说什么也不想。

　　应该从什么地方切入呢，整个下午我们就这么对峙，是时候让沉默发芽了。

　　我用尽了一个冬天的阴霾和寒冷，像冰雪初融的大地一样袒露自己。你走得太匆忙啊，所以一直没听到我用骨头在喊你。

　　诉说是一件难事，你能读懂字里行间隐匿的萧瑟之意吗？

自己遇自己

一个人。一间房。空。

如果有小如汤圆的朱砂茶碗，忽明忽暗的温柔阳光，缭绕的空气浸着慵懒的蛊惑。傍晚的时候，可以忽略时间的流淌，发呆，醉心于无所事事的堕落中。这样多好。

应当有细高脚的明净酒杯，有美人对峙，然后微醺，保持神智，要相亲相爱，然后纠缠。亲爱的，我多么爱你，你在氤氲的霞光中美艳极了，像妖精。

穿过人间，做一个风流鬼。精心地侍候花花草草，多吃绿色蔬菜，晚餐喝小米粥，如果熬夜太久，就赏一碗萝卜汤犒劳自己的肚子。最好不熬夜，过上原始人的生活，日落而息。

日子像奶酪一样细腻，看上去温软可口。这是我想要的——每一天都多么珍贵，不要说以后，就今天吧，此刻，马上，享用吧，用吻来湿润生活，用忘乎所以的方式在即将翻过的日子里写下"丰富"。调情吧，但不要说话，用肢体语言，告诉我：多么渴望相拥的温暖。

　　跳一支舞，眼睛对着眼睛，嘴唇对着嘴唇。生活很简单，两个人，需要和给予。

　　嘴角微翘，藏着意味。裙裾摇曳，透着话语。

　　雨如果停了，相信空气会有温度。我的小鱼恢复了精气神，细密的阳光粘在光溜溜的脊背上，它又起了兴致，继续偷看我的私生活。石榴树吐出了嫩黄的芽苞。

　　我抬头望见碧蓝的天光。红酒墙上摆放着李白的木质雕像，他的样子很不羁，风吹动了他过于宽大的衣襟。唐朝人太浪费了，不知道节省布料。如果他乘一叶扁舟从诗卷里出来，我想用汤圆一样的朱砂茶碗招待他，与他谈谈生活的情趣，还想打探一下：贵妃妹妹的脸上有没有小小小小雀斑。

　　自己遛自己。亲爱的，看呐，背过手掌，生活就变一种样子。看我，多么深情地抚摸自己，用掌心蔓延的细纹，用目光，用呼吸。闭上眼睛，用骨头敲击出的声音喊自己。

很简单很简单，很随便很随便

很爽，或者很不爽，这两种时候，我都不想要。应该停一停，下来走一走，抬眼看一看，到处溜达溜达。介于很爽和很不爽之间，中性的，平庸的，淡定的，与世无争的，还有就是——随便的。

说话的声音拖得很长，吐字却简练；深呼吸，然后憋气，这个世界不太干净了，所以不能够很肆意地咧着嘴。

不抽烟，不喝酒，这还远远不够，戒荤，戒女色，出门戒车，日落而息，戒大声喧哗，戒打情骂俏，戒赌气，戒抱怨，戒背后骂人，戒脏话，我觉得这样离六根清净还有距离。到底应该怎样呢？我不知道。

呜呼。错过了夜半的电闪雷鸣，睡得像猪。有一句没一句的，老人家要读诗了，诗里有鬼，所以你们悠着点，离得越远越好，最好出去看看埋在石头下面的谎话有没有发芽。老人家说，你不懂。你永远也不懂的。

时光如流水，逝去无声音。享乐吧。秋天就要到了，葱郁的绿色在衰败。

鱼缸里的水每天减少一点点，它们告别"鱼生"的日子就在眼前了。每天都有离别，每天都有生死，每天都有悲欢，每天都有东来西往，每天都有花开花落，每天都有期望，每天都有落魄，每天都有私奔，每天都有爱恋，每天都有无可奈何，每天都有哭泣，每天都有伤害……生命不息，万物繁荣。

故事没有结局，有的人知道了答案，所以他们狭隘了。爱像针尖上的蜂蜜，只是一点点，红尘浩瀚，却只爱脚底的一块弹丸之地；人海茫茫，也只爱牵手坚持到老的那个人。

有很多希望再也不会实现，有很多过去再也不会重来，有很多损失再也不能挽回，有很多错误再也不能改正，有许多悔恨再也不能补救，有许多失去再也无法收回，有许多感情再也不能缝合，有许多情景再也不能逆转，有许多的人再也不能去爱，有许多的往事再也不敢触摸，有许多的眼泪再也无力流淌，有许多的许多再也无从说起。

我开始承认，冬天很冷，人们需要足够的温暖才会走到来年春天。我开始承认，世上有因果报应，总有一天你要用加倍的失去来弥补贪婪。我开始承认，"不以物喜不以己悲"是骗人的谎话。我开始承认，每个人最爱的其实是自己。

所有的伟大都包含着平凡，所有的高尚都夹杂着龌龊，所有的美好都伴随着丑陋，所有的光明都反衬着黑暗，所有的爱恋都渗透着欲望，所有的光鲜都隐藏着艰苦，所有的获得都意味着失去，所有的忙碌都代表着空洞，所有的坚强都掺杂着脆弱，所有的思恋都凸显出懦弱，所有的新生都宣布着死亡，所有的肆无忌惮都是因为无可奈何。

能够有一个院子，地上是土，种一院的花草树木，养鱼和鸟；能够在并不拥挤的人行路上步行上下班；能够写字画画每天进步；能够无所事事地发呆而没有负罪感；能够用红泥的火炉小火煨肉；能够在飞雪封门的时候煮酒小饮；能够在阴雨肆虐的早晨蒙头睡觉；能够在斜阳西下的傍晚看见炊烟；能够在夜半三更的路上看见灯火；能够在病痛折磨的时候听到呼唤；能够牵手，能够相拥，能够凝望，能够放纵，能够无声无语，能够相忘在江湖；能够吟诗；能够无缘无故地热爱。

青春肆意

慵懒的午后，你醉倒在流水潺潺的溪畔。梦在云端微微蜷曲，清俊的野蔷薇嫣然绽放。草木簇拥的地衣。馥郁的花香和着泥土的气息，在燠热的空气里酿成催人酣睡的酒。粗心的蚂蚁枕在你的臂湾作快乐的小憩。梦里檀木的窗扉紧掩，三月的柳絮纷飞。美丽的女孩一席长裙翩然若蝶。一叶扁舟从唐诗宋词的化境里悠悠泊来，满载一舟春色，驶过和风细雨里的江南，驶进参差烟树中的五湖东。

梦醒时分，仰面看见深远清澄的天，迷蒙的雾霭里美丽的女孩款款而至，足踝晶莹。在你低下头的一瞬间，思念摇摇晃晃蔓延上来，就在前一秒钟，你还看见她弯弯垂下的长发，遮不住嫣然绽放的笑容，可是思念无法抑止，于是你赶紧抬起头来，所有的目光只为她一个人凝聚。你伸手去触摸，一切又都梦幻般随波荡漾。四目交错的距离，近在咫尺、远在天涯，只能是，远远端望。

日落黄昏。夕阳淡淡的一抹。回忆起起伏伏，心跳空空落落。女孩依傍镂空的窗棂抱膝而坐，微微倦怠的目光平平仄仄地游弋，三月斑斓的色彩就在脉脉注视的眼眸里次第绽放。野鸽子飞翔，牵引层层叠叠的爱恋。这个季节这样的爱恋不关乎一个人一段事，无所追忆，无从追忆，翩跹氤氲的只是一种情绪，荡漾着朱窗锁户庭院深深的古典气息，伴随着红泥小火炉燃放的松香，一起沉吟于夕阳的袅袅里了。

青春是二月里纷飞的细雨，是颤战栗栗、忸怩开启的门扉，是睫毛覆盖、碎发轻扬的自赏，是日暮黄昏时萦系不散的落单和寂寥。青春如梦般恍然若失，如羽般轻柔绵软。青春的色彩不应该是凝重的，不绚烂，不华丽，但一定是清新明快的，是水粉渲染的灵动，干净，任性，率性挥洒，浩浩荡荡蔓延开去。青春的形态本就自由无羁绊，风一样轻、云一样淡，盈溢着缺憾和忧伤。

密密匝匝的碧色竹海为幔，女孩微扬颈颌、素面朝天。风从发梢吹过，是缱绻缠绕的窃语。岁月穿过春分夏至，落在纤纤伸展的指尖，让感情四舍五入，然后可以一如既往地看云起云落，看细水长流。青春，依然幸福。

无背景之抒情

我想告诉你，我爱上了一个缺点多多的女人，她性情无常，会说脏话。她说，娘的。她说，下辈子做条狗。她不注意锻炼，身体呈现婴儿胖，她的腰上长有一圈小轮胎。她信誓旦旦地说，我要减肥。她又自暴自弃地说，胖死拉倒。

她每天吃巧乐滋。生气的时候双手抱在胸前，她把她的坏心情传染给很多无辜的人。她走路的时候辫子一翘一翘。她经常不给我好脸色看。有时候很不屑。我和她说话，她侧脸以对。她的皮肤又白又嫩（请允许我这么形容好不好，我实在找不出更文雅但贴切的词语），手指如葱，但脚上有几个冻疮留下的印痕。她的牙齿不够洁白，当初就是因为这个瑕疵，我才有勇气接近她。

我想，这样的女人我是罩不住的。我生性内敛，缺乏激情，没勇气没耐心没毅力。真是糟糕透了。但是，我没办法不爱这样一个女人，我要爱她直到她离我而去为止。从这一点上，我承认爱是毒药。

我是个控制欲极强的家伙，将做企业的那一套"管控"体系移植到生活中来了（这恐怕是职业的缘故吧）。我希望日子能过得如行云流水般从容不迫，事业、爱情、生活，一切都和谐地运转，不乱方寸。我以为人活于世，当以事业为重，事业做好了，也就是有了物质基础，进一步可以谈情说爱，可以追求生活情趣，这才是正确的顺序。但是，我的爱人她并不是"物质第一"的马克思主义者，她的青春太热烈，像烟花一样燃放，不忌后果、不想未来。这样的青春往往是浮躁的青春，是没有方向的青春，是空洞的青春。所以，你应该知道了她坏脾气的来源。我们大部分的冲突也来源于此。我可以容纳她所有的缺点，唯一不能忍受的就是她把大块大块的时间浪费在无意义的吃喝玩乐上（我认为无意义的）。

有时想想，生活本身就是意义。谁说吃喝玩乐不是生活有意义的部分呢？我们做的每一件事，包括一次发呆，一次踱步，一个叹息，一次绵长的懒觉，一次醉酒，一次失眠，一次吵架，一次追悔，一次伤害，一次堕落，等等，都是生活的一部分，它们是中性的，本身不具有价值判断。我们应当诚实而认真地对待生活中每一件琐碎的事情，但是我们能做到吗？

我爱的女人说，生活是简单的童话，两个简单的人，几句简单的话，一种简单的情感，外面下着简单的雨，树叶发出简单的响声，在一间简单的屋里，上演一场简单的戏剧，有时也会有简单的拥抱，偶尔也听到简单的呻吟。我知道，女人的话抄袭的是80后诗人阿斐的诗。女人散漫地挂在椅背上，她的拖鞋就要掉下来了。真要命，她爱上了我书柜里的诗，读得不认真，但能不经意地冒出几句。我认识几位女诗人，说实话，我不太喜欢她们，她们通常有的共性是：在自我的世界中将自己无限放大，在现实的世界中又将自己无限缩小，所以她们很难看清楚自己和这个纷繁复杂的现实世界。我希望我的爱人不要染上这样的毛病（也许这不是毛病），要不然我就更难与她共处了。

我倒是觉得，生活是一次无背景的抒情。何谓"无背景"？曰：无准备无目的无主题即无背景。生活不是"为赋新词强说愁"，是情到深处由内而发，是万事随缘。我愿意将生活比作一次无目的地的旅行，一路寻访，任意东西，山重水复，柳暗花明。喜忧参半，五味俱全，这才是生活的味道。

就像在春光明媚的日子，我和我的爱人去郊外游玩，云淡风轻，泛滥的绿色在脚下流淌。亲爱的，不要笑我多情的脚步矫揉造作，那是我的抒情啊。

无
背
景
之
抒
情

我知道
没有人值得我羡慕

把梦做得入木三分

I know no one
worth my envying him

把梦做得入木三分

　　锅巴同学是我的好朋友。我们能走到一起并且这么要好，是由于彼此有共同的兴趣。因为臭味相投，所以惺惺相惜，一切顺理成章。

　　"我不骗自己，我不是人才，长久的反应是白痴，然而智慧却在不知觉中反常地增强了。"这是锅巴同学闲到发慌时随意写在稿纸上的一句话，写的时候完全出于无心，却是神来的一笔。后来我无意中看见，眼睛一亮，觉得这句话从内容到表达形式都颇具后现代主义的某些味道，遂加传阅，终被奉为锅巴同学的经典名言。

　　开学的第一次班会，我在班上寻找会打篮球的人，中文系男生本来就寥寥无几，问了几个人都摇摇头告诉我"不会"。那时候好担心大学四年连个会打球的搭档都找不到，果真如此，岂不成了孤家寡人悲哀死啊！好在锅巴同学说：会，会的。口气坚决，我喜欢。

军训时锅巴同学当排头兵，那时跟他还不熟，就看见他高高瘦瘦，踢起正步来一本正经的。那时我在想：这厮玩起球来会是什么样子？后来亲眼瞧见了，模样惨不忍睹。他却大言不惭地说：领导和群众都夸我好球技呢！我呕血。

后来我和锅巴同学基本上形影不离。在一起的时候经常你一言我一句地吹牛，越吹越没谱。锅巴同学说：还记得十五年前那个夜晚吗？一千个人围着你砍，要不是我把你从人堆里拖出来，你有今天吗？锅巴同学说：群众都说我是型男（典型的男人），其实我也这么认为。锅巴同学说：我的投篮技术已经达到炉火纯青的地步，想不进就不进。有次我俩一时兴起，把平日的"牛言牛语"汇集成册，题为"新论语"，寄给了《笑话大王》，录用结果不得而知。

没事的时候，锅巴同学喜欢涂涂鸦。年轻人嘛，血气方刚的，就喜欢写诗。锅巴同学也有一本诗集，是手抄本，我看过，写得不怎么样。他说自己进大学后才开始动笔，起步晚，底子薄，所以写得不好不要见笑。我

把梦做得入木三分

当然要笑，你说不笑我就不笑啦，这么差的东西自己留着看也就罢了，干嘛要让别人看见！

好在锅巴就是锅巴，依然故我，执迷不悟，孜孜不倦地继续他的涂鸦。后来出了成果，在校报上发表了一首"处女诗"，还拿了十元稿费，大受鼓舞，于是越陷越深，并且由此产生了一个错觉：天下文章就他写得最好了。他好几次痛心疾首地感叹道：人心日下，世道不古，铺天盖地的风花雪月，那些有骨头的好文章哪里去了？我说锅巴同学，你不要抱怨了，时代在前进，你的那一套落后了。锅巴同学一脸庄重、义正词严地说：我搞的是正统文学。后来锅巴同学开窍了，也搞搞垃圾文学，有时候他就对我说：我要为某某青春杂志量身定制一篇东西。呵呵，看来锅巴同学也是凡人。

锅巴同学爱书，而且爱的是文学书，他是我遇到的真正喜欢自己所学专业的人。有一个理想，能够为理想活着，多么幸福。锅巴同学有自己的理想，他把理想放在可望可即的地方，一步一步走过来，所以当他微笑着站上领奖台的时候，我一点也不感到惊讶。

有一年寒假，我和锅巴同学结伴去皖南山区，在那里见到白雪覆盖的群山。那么多的山，绵延起伏，一直延伸到天际，山上又长出山，一座一座与白云结伴。置身于那样的环境之中，再懦怯的人也会心生"一览众山小"的豪情。阳光照在皑皑的积雪上，折射出一片五彩缤纷的云霞。锅巴同学驾着五色云彩想要乘风归去，从此遁世不再回来。他叹了一口气，无限眷恋无限惋惜地说：于此搭草舍一间，每日饮风餐雪，可了余生。听他的口气，俨然得道高人，一副参透人事看破红尘的样子，吐。

锅巴同学说自己要像古人一样"永忆江湖归白发，欲回天地入扁舟"。先干一番事业，而且是人文的事业，功成名就之后，找一个面朝大海，春暖花开的地方，搭一间小屋，墙不在乎高，遮风避雨就行；室不在乎大，安身立命即可。庭院可以不深深，一树黛色，可栖宿鸟；两亩方田，可资躬耕；三杯淡酒，可观月色；四株芭蕉，可听雨声。养一两只鹤，栽三四株桃，过神仙的日子。我觉得锅巴同学古诗词背多了，有点走火入魔。都大踏步跨入新世纪了，他还在封建时代徘徊，尽想一些遥不可及的东西。

锅巴同学却有自己的看法，他说那叫"心灵的家园"，心也要有个栖息之地，心安顿下来了，人才算不漂泊。凡·高把他的心给了绘画，海子把心给了诗歌，他们虽然生得不一定快乐，却都是灵魂富裕的人，从这个层面来说，他们是幸福的。大家寻寻觅觅、忙忙碌碌，好像是在做事，好像是在挣钱，其实是在寻找心的家园。一个人走远，不过是为了离自己近些。

锅巴同学的解释我不是很懂，但隐约觉得有些道理。后来锅巴同学捧着奖杯冲我微笑的时候，我终于明白，原来他一直都在寻找，寻找心灵的寄托之所。锅巴同学就是在石头里埋下种子的孩子，执著于理想。他在想象的刀光剑影中听见血涌的声音，并起立歌唱。

我看见锅巴同学在静静的午夜点着蜡烛阅读卢梭、尼采，徜徉于唐诗宋词氤氲而成的幻境，做着红泥小火炉、对饮至天明的梦。梦里铁马冰河、海天空阔。在梦里泅渡的人，已经不在乎梦醒时分自己搁浅在哪里了，因为结果已然不重要，竭尽全力而诚实地生活才是生存的唯一要义。

就像锅巴同学在一首诗里写的：

> 谁会是那粗心的马蹄
>
> 踏着得意的春风
>
> 惊扰我素面朝天的凝眸
>
> 即使无望也要把梦做得入木三分
>
> 因为走过，拥有一季的容颜
>
> 爱满天星宿，此生幸福

泥菩萨的悲悯

王小波生前的好友写了一篇怀念他的文章，其中有这么一个片段：

> 我坐在王小波君的家里，翻看他刚办来不久的货车驾驶执照。"实在混不下去了，我就干这个。"他对我说。我看了看他黑铁塔似的身躯，又想了想他那些到处招惹麻烦的小说和杂文，觉得他这样安排自己的后半生很有道理。于是我对这位未来的货车司机表示了祝贺……告辞出来。他提起一只旧塑料暖瓶，送我走到院门口。他说："再见，我去打水。"然后，我向前走，他向回走。当我转身回望时，

我看见他走路的脚步很慢，衣服很旧，暖瓶很破。

这是 1997 年 4 月 2 日的事情，9 天之后，王小波先生就去世了。

我在一篇书评里读到这段文字的时候，五卷本的王小波全集就摆在案头，触手可及。不过，我已经很久没再翻过了。因为过去看得太多，看伤了。当时，冬天刚刚过去，乍暖还寒时候，阳光还不肆意。我在脑海里反复想着王小波黑铁塔般的身影，把这个场景和文字里那个热爱智识和有趣的王小波联系到一起。我突然觉得，无可救药地迷恋这个人，说出来也没什么可耻。

最近在读《世间的盐》。作者高军何许人也？不知道。简介里说他"现居合肥"，不知道他是合肥人呢，还是移居到那里的？反正我是在那地方长到十多岁的，如今看到书里的遣词造句和风土人情，都是记忆里小时候的味道，觉得很亲切。这本书刚上市的时候，朋友推荐给我，我看了下封面和内容简介，以为是闲书，就没出手。我那会儿忙得热火朝天，书虽然也翻得哗哗响，却都是些给自己充电或者打鸡血的。终于闲了下来，想到了这本书，买来一读，心里不禁嘀咕一声：幸亏买了，不然又要错过怎样的美好哟。

我觉得最好这样来读这本书：桌上要摆猪头肉一碟，白酒一瓶，左手拿《世间的盐》，右手拿煎饼卷大葱，蘸着猩红的辣酱，塞进嘴里，狠狠拽一口，看一页纸，正好嚼碎咽下，拿起酒杯啜一口酒，吧唧一声，夹一筷子猪头肉，再翻一页，重复以上动作。如果是夏天，则要赤裸上身，肩膀搭一白布毛巾，擦一擦脸上的油汗。读到兴奋处，得这么喊："操！好！"老婆大人从身边走过，给了一个白眼，没好气地甩下一句："神经病。"——我胡扯了这么一段，就是想说：读这本书真的很带劲。其实，你果真如此读书，就和这本书的气质很符合了，就是原汁原味的生活。

我感觉，高军就是以前住在我家隔壁的张三，就是每天推着三轮车到处卖水果的李四，就是晚上在大排档喝啤酒白天卖色情光碟的王五，就是留着一口枯黄的头发还号称艺术家的王二麻子。他们走街串巷，有自己的小营生，整个人灰突突，不光鲜亮丽，与时尚不搭边，不白领、金领。他们做的事情很小，微不足道，甚至是卑贱的，他们压根不知道什么是伟大意义，也没有理想和抱负。他们满口脏话，粗俗污秽，高军竟然把这些脏

泥菩萨的悲悯

话带到书里了。不过我觉得，如果小朋友不在身旁的话，是可以高声朗诵这些句子的，它们听上去比那些所谓的高雅人士用夹生英文叽叽歪歪悦耳多了。

我当然希望生活朝美好的方向发展。比如，不会有人在楼道里放鞭炮了；路边不会有人打架斗殴了；电线杆上不会有人贴小广告了；卖小吃的小贩们能把烤肉串弄得干净点，收摊的时候也能自觉清理一下油污；喝醉酒的人不再开着车到处撞人；等等。我希望总有一天如愿以偿。不过，在《世间的盐》里，这世界充满了不美好，许多人莫名其妙地死去了，有人在里面打架，骂人更是寻常事；还有更多小人物碌碌无为地活着，有很多怀疑和困惑，可是似乎对这些又早已麻木。这些生活的种种不堪，作者没有避讳，照录不误，统统写进了书里。不过，你又发现，作者的笔触是带着悲悯的。在看似粗鄙和智趣的描述背后，藏着一颗悲天悯人的心。

悲悯有什么济世作用呢？我想，作用大概是：像我这样读了书的人，知道了有些人有些事，本不应该是那样的，于是，我收获了寥寥的阅世经验，我的心也更向善了。在我看来，第二点更可贵，使人心趋善，不是佛吗？可是，善心太重，会不会就懦弱了？我也不知道。

李海鹏在他的书里描绘了"伟大社会"的场景：

天气好的时候，城里举办各种文化活动，念诗的唱歌的全来了，丑态百出。市政府或者基金会出钱，市民们点心随便吃，汽水随便喝。贪财的小老百姓都出来摆摊儿，而武功最高强的城管们也不来踢他们的摊子。高台之上有一个集智慧与美貌于一身的伟大人物在演讲，说的是银河系的和平与发展，这边厢却有个流氓搭张吊床，高卧酣睡，睡到一半儿还支起身子骂人："怎么这么吵？"于是警察们无计可施，表情很囧。

在遥远的古代，孔圣人也描绘了他认为的理想场景：暮春时节，春服既成，大人五六个，孩子六七坨，下河洗洗澡，上岸吹吹风，然后唱着歌回去了。这场景真是无与伦比的和谐。不过，我更喜欢李海鹏描绘的场景，伟大的社会不应该宽容地接受五花八门吗？比起孔圣人的和谐，李海鹏的五花八门其实妙趣横生、好有活力、好生猛的。

不过，在这个五花八门的世界里，大家都忽略了另外一个角色：他们混迹在蠢蠢欲动的人群之中；或者心不在焉地坐在路边，翘首看向不远处。他们可能是路人甲，可能是张三，他们和千千万万个攒动的人头一样，灰突突的。不过，他们的心里敞亮敞亮的，他们把触角伸到市井生活里，然后，他们记下了人世百态。有人想过河，他们却不能提供一只红尘摆渡船，干脆这么说吧，他们本来就是泥菩萨。泥菩萨过河自身难保，这句话地球人都知道。在我看来，"脚步很慢，衣服很旧，暖瓶很破"的王小波是一个，高军是一个，李海鹏是一个，还有其他人。

晒晒自己的贱骨头

　　我努力想在这座村庄弄出点动静。我已经 16 岁了，我想让来来往往的人都知道我具备了 16 岁的体格和心智。当然，你不能像狗一样在村口游来荡去，冲那些看上去多么温吞善良的人乱发言，甚至，在高兴的时候，晾出小鸡鸡，让土地开出湿漉漉的花朵。这是狗的方式。人当然不能这么做。

　　我挑起满满一担水，挺直了腰板从田埂上走过。一个牵着牛绳的老头耐心等待他的老伙计用餐，一个光着屁股的孩童使劲仰起脖子看向天空的深处，一个浣衣归来的年轻妇人似笑非笑地闪着眸子。我与他们擦身而过的时候，故意踮起脚尖，让肩膀上的扁担吱呀吱呀地哼上了小曲。但是他们把我忽略得干干净净，就像一阵风穿过村庄，他们没有闲暇让目光在这些微不足道的事物之上停留片刻。

我想加入到大人的行列之中，用大人说话的方式与他们交流，和他们称兄道弟，情到深处，就摸一摸他们的胸膛，说：个狗日的，行啊！我还想让所有没长出毛毛的小屁孩喊我大爷。但是，我发现自己在人多的场合说话很没有底气，唯唯诺诺的，完全是个瘪三。我鼓足了勇气，想把声音从喉咙里咳出来。于是我真的咳了一下，"呃"，声音大得连我自己都被吓了一跳。很多人朝我看来，我的脸烧得厉害，半天也没再憋出一个屁来。这很像有了一个高亢的开头，却没有下文再跟出来。我对自己失望极了。

没事的时候，我仰面躺在姜地里，天空湛蓝，阳光肆意。有风从草叶间穿过。我闭上眼睛，慢慢感觉自己在膨胀，在变大，大得无边无际，变成了虚空。我发现最大的不是世界，也不是宇宙，而是虚空。

这个村庄太寂静了，到处都是虚空。那么多看不见捉不着的虚空存在着。我以为，这个世界肯定是以这座村庄为原点无限向外扩展而成，每隔一段距离就会出现这样一座村庄。换一句话说，正是无数个村庄手拉着手连成一串才构成世界。我有一万个理由相信，在这块无限延展的土地上，有成千上万个 16 岁的我。

晴空万里的好日子，我贴在青色石面上晒晒骨头。骨头这东西，天生就贱，时间久了不用也会生锈，生了锈的骨头钻心地痒。我用铁锹在荒草萋萋的坡上开垦出新地，一块又一块巴掌大的新地裸露在阳光下，像缝在地上的补丁。我不是个优秀的庄稼汉，种出来的果实生得委琐。我恨它们不争气的样子。春风一吹，疯长的野草蔓延过来，那些巴掌大的补丁就面目全非了。我辛辛苦苦在地上留下的痕迹，根本经不起一个季节的轮回。

我特羡慕村上的有些老头，他们活得两鬓雪白，身子骨全都使唤坏了，仍然活得很耐烦。这座村庄藏着无法穷尽的秘密，他们轻易虚晃了一生，却没探究出什么名堂。他们还有十足的兴趣耐心地重复每一件细小的事情。他们气定神闲，优游于天地之间，活得如行云流水般从容不迫，忘掉了时间。我无法像他们一样过舒卷自如的日子。我生就一副贱骨头，不用就生锈。我朝三暮四，无法专心把一件事情进行到底。

我 16 岁了，脑子里不能自已地冒出诸多杂念。我想到那些不开窍的姑娘，这让我无所适从又满腹忧伤。

尤其是村头的小三子，活脱脱一只黄雀，到处都是她的笑声，根本没办法视而不见。我用俏皮话勾引她们，将她们逗得笑声荡漾。可是你想挨近一步，和她们说一说有关风月的事情，她们就睁大一双茫然的眼睛，眨呀眨的，好像在说：呀，我怎么不知道？她们把你弄得焦头烂额，却还装作一副无辜的样子，我气急败坏又无可奈何。

我的一个玩伴辍学打工去了，工作是跟随他的父亲收购废弃的酒瓶子。他走在通往村外的小路上，头裹一块泛白的粗布毛巾，平角的裤头在风中哗哗作响，赤裸的上身黑得像一截松木炭。村里年轻的小伙子都兴兴头头地往外跑，他们管外面的世界叫城。他们说：城里的钱好挣。他们还说：城里的有钱人多。人一走，村子就空了。我在剩下来的村子里逛了一圈又一圈，努力想弄出点动静来，却终于什么动静也没折腾出来。

上帝发笑，我也不会停止思考

　　其实我和这座村庄并没有什么过节，我就是喜欢在平整的地上挖几个坑，在一头任劳任怨的老牛腚上甩两鞭子，掏出裆里的家伙给一群忙忙碌碌的蚂蚁制造一场灾难，让一棵向南生长的树苗委屈身子向北生长。我做这些事情的时候，并不是想和村庄过不去。不是的。我只是自己和自己玩儿。每天太阳从山上升起，又在山上落下，我必须找点乐子来填补这之间空落落的光阴。

　　村庄并不只是人的村庄，村庄还是牲畜、庄稼的村庄，是虫儿鸟儿鱼儿的村庄，是花花草草的村庄。人常常自以为是村庄的唯一成员，这是不对的。有些虫子一天、一个月或者一个季节就走过了一辈子，这些看上去微不足道的生命转瞬即逝，来不及品读四季的变化。但是，它们同样拥有完整的一生。它们的生命是按分、按秒来计算的。而人是按岁来计算。一岁就是一年。人的一生在年年岁岁的更迭中一晃而过。人使唤坏了全部的身子骨，一样被岁月无情地弃置荒野，成了地上微微凸起的一个包，最终也会被自然的无形力量给抹平了。人在生时，睁大一双渴求的眼睛，付出了汗水，当然有所收获，但也觉得索然寡味，因为过程太艰辛了。

村庄有它自己的秩序和规则。表面看上去，人与人、人与动物、动物与动物，大家和谐相处，其乐也融融。实际呢，大伙各自生活在封闭的世界，谁也不会对外人敞开门扉。你不知道为什么黄三的老婆今天哭丧着脸，你留在夜晚的秘密也不会无缘无故搬到别人的嘴皮子上。你不明白一头猪哼唧哼唧表达的是什么意思，当然，猪也不指望你从它的嘴中听懂什么。猪在吃饱喝足之余哼唧几声，完全是自娱自乐。当猪冲你大吼大叫的时候，也不是它们有意见急不可耐地要发表。吼叫只是一种姿态。至于吼叫的内容，恐怕连猪自己也不会在意。这就像人与人之间的对骂，其实骂的内容并不重要，重要的是用声音盖过对方，压倒对方。

我不知道牲畜能不能像人一样用言语交流。它们的叫声是不是它们的语言？如果它们能够像人一样隔三差五地小聚一次，交换一下各自的生存经验，互相学习，互相促进，或许可以免遭许多鞭子。其实也不尽然，人不是很善于交流吗，但该吃的亏还得吃，人只有在吃了亏之后才能长点记性。

一头牛活一辈子也没留下多少美好的记忆。它留下的都是教训。犁地累了刚想停下来歇一歇，主人的鞭子就落下来了。禁不住诱惑想啃几口绿油油的麦秧，嘴皮子还没挨近目标，主人的鞭子又来了。走路的时候没把握好主人的节奏，慢了，快了，都有可能挨鞭子。就连偶尔遇见相好的，发一发骚也会挨鞭子。有时候鞭子来得莫名其妙，主人生气了，在它背上甩两鞭子，主人高兴了，也在它背上来两下。人老是用鞭子批评牛，而牛做得好了，人却没什么友善的表示，你总不能和牛握握手亲个嘴儿吧。牛受够了教训，久而久之，养成了处处谨慎的习惯，走路、吃饭、睡觉、干活都慢慢吞吞力求稳妥，但鞭子还是时不时地落下来。聪明一点的牛算明白过来了，挨鞭子——这就是牛的命。

一粒种子发芽了长叶了抽茎了开花了结果了，人落地了长大了忧郁了成家了变老了，最后变成一抔黄土。人多么像大地肚皮上的一只虫子，一生逝去如飞，像一阵风穿过了村子，树叶晃荡了几下，投在地上的影子有着微小的摇曳，这个人就把一生的喜怒哀乐全部演绎完了。村庄还是原来的村庄，没什么大不了的变化。人的脚步走到哪里，村庄的脚步就跟到哪里。人的脚步就是村庄的脚步。好几茬的人和牲畜费尽九牛二虎之力在地上走出一条路来，但是有些路却被疯长的野草悄无声息地抹掉了。

一只蚂蚁跋山涉水，暴走了一个晌午，也没有从墙根的一头抵达墙根的另一头。蚂蚁再怎么努力，也不过逡巡在一粒沙子的世界。一个打谷场就可能是一只蚂蚁的地球，蚂蚁穷尽一生也没办法触摸到它的边缘。而一座村庄对一只蚂蚁来说只能是浩瀚无垠的宇宙。即使有一天蚂蚁坐上了它们研发的宇宙飞船，恐怕也飞不出一座村庄的范围。

走，走，走

我年轻的时候在村子里很出名。

我在村子里走来走去，我发现这个地方没有令我害怕的人了，除了我干瘪的爹，这个瘦弱苍老的人，在土地间生死的人，他深陷的眼窝和网布的皱纹充满了让我畏惧的力量。我不知道怎样对付这个老人。

过了晌午，我就扛着锄头去锄地了。太阳照在身上暖洋洋的，地头的水汽蒸腾而上，我把上衣裤子全脱了，让平角的裤头在风中哗哗作响。我突然觉得很高兴，就躺在地上，嗷嗷地叫起来，又突然间觉得少了什么，心里空荡荡的。

很快我就把这件事情忘了，因为我发现一片麦子有被牛吃过的痕迹。村子里就姓刘的那家有牛。我一口气跑上山顶，自上而下高喊三声：狗日，牛吃麦子！三声之后，门缝里闪出来一个妇女与我对骂。我当然毫不示弱。村子因此变得特别吵闹又异常安静。所有人都在听我们俩的骂声。一个老头说，大男人和妇女一般见识，像样吗？有什么不像样的，我觉得男人不应该在任何一个方面输给女人。我骂的时候浑身充满力气，裤头在风中唱歌，骂到最后我觉得自己不是在骂一个人了，而是在骂阴晴变换的天，骂不下蛋的鸡，骂不拔节的麦子，骂漫上河沿的雨水，骂仓廪里偷吃麦粒的耗子，骂不开窍的姑娘，骂所有发霉的日子。我顺着鼻梁往下看自己，光秃秃的山顶上，我像旗帜一样笔直地竖着，太阳沿头顶一点一点地移动。后来妇女被骂哭了，不再作声。我停下来，整个世界都停下来了，屏住呼吸，不发出声音。世界原来这么安静。

早上起来，阳光很好，唧唧喳喳的鸟语像如瀑的睫毛一样覆盖下来，我嗷地叫出声来，跳下床。吃过早饭，我一个人去割麦子，金黄的麦穗在阳光下闪闪发亮。我蹲下来，就是隐没在麦浪里的兔子，悠悠的白云流过湛蓝的天空。我躺倒在麦秸秆上，忘记时间和自己。天地浩然无边，而我渺小如蚂蚁，逡巡在一粒沙子的世界。

夜色弥漫的晚上，我把衣服拉过头顶，沿着通往外面的道路一直走。别人看我，我是黑黝黝的没有脑袋的影子。有时候遇见姑娘，她们横冲直撞地躲到人家屋檐下，吓得哭出声来，我就愉快地吹起口哨。秋末的寒风瑟瑟游走，我把手插进兜里。只要高兴，我可以一直走下去，只是前面没有能够安息的地方。

等到生姜成熟的季节，爹让我去地里守夜防贼。山顶有个土墙草顶的棚，我睡在里头，仰面看见朗朗的星空。夜色如水一般盖在身上，幽幽的虫鸣烘托出夜的寂静和深邃。白天我就躲在地沟里捉兔子，风吹过姜地，发出呼呼的响声。有时候，我爬上山顶，顺着天空往下看，我的村庄躲在蓊郁的树木背后，是山峦起伏中的一个小点，小如弹丸，小到空虚，我的亲爹，还有我的兄弟姐妹们，我的仇人，他们都将在这个层层包藏的世界里困顿一生。

我在村子里的最后一个冬天异常寒冷。一走出屋子，风就从裤腿和衣领里灌进来，稻田里结了一层厚厚的冰凌，割过的稻茬像刀子一样竖着。所有的树木都褪

242

尽了衣裳，孤独地在寒风中瑟缩着。山林里一片衰败的景象，地上覆盖着一层又一层褐黄的落叶，枯萎的蒿草被风雨打弯在地，断茎上挂满长长短短的冰凌，一片狼藉颓败的样子。我站在村口，遥望远处的山丘，光秃秃的丘顶上一抹灰暗的天，天色也饱含滞重的水汽和透骨的凉意。

我用铁锹把枯朽的草木铲去，翻出新土，露出黝黑的颜色，可是上面并没有生长出春天。后来，我成天躲进屋子，不再出去，风就从皲裂的门缝中吹进来。我蜷在火盆边上，炭火烤疼了手和脸，但并不能带来温暖。早晨，窗户上落满白霜，屋后的山丘白了，山丘上兀自挺立的枯木白了，屋檐下残碎的缸沿白了，池塘边老死的猫白了，打谷场上陈年的草垛白了。我走在田野里，席卷而来的风吹拂我，我像单薄的树枝在风中摇晃战栗。弥望的田地都蒙上了厚厚的冰层，已经没有人愿意出来打理这个地方了。

我不知道是什么力量致使自己在冬天陷于绝望。天天都在盼望春天来临，希望有一天地上的冰层融化了，泥土松软，融化的冰水汇入干涸已久的河床，又蔓延到田野上，把春天从地底下抬出来。可是春天一直迟迟未到。我发现村子里的东西一件一件减少，缸里的粮食已经见底，柴火也快烧完了，几户人家的狗被人毒死拿去卖钱了，无家可归的老人一头栽进雪地里，再也没有走出这个冬天。有时候我站在屋前，看自己置身的天地，树叶落尽了，不再郁郁葱葱；山顶秃了，厚厚的积雪折射出惨白的光。这个世界裸露在黯淡的天幕之下，没有容我藏身的地方了，我站在村子里，虽然佝偻着腰，瑟缩着身子，使劲把头埋进衣领，但还是显得那么突兀，多余，微不足道。

行云流水般舒卷自如

在这个天高气爽的秋日黄昏停下来。因为走得太快，错过了沿途的风景，挤不出工夫和相遇的人互致问候，大衣上沾满了风尘，前额的头发因为逆风行走，已经悄悄向后生长。我不喜欢自己现在的造型，我想停下来，回首向后望——那是一大段从容的时光，行云流水般舒卷自如。

那个时候，自己迎风走在田埂上，群鸟从头顶飞过，阳光肆意。天空像透明的蓝色玻璃。我的头发短得像收割后的庄稼地。我用手使劲摸自己的头皮。在那些如流水般逝去的日子里，我不厌其烦地重复这个动作。我不知道自己在做什么，完全处于蒙昧状态，无知无觉，对时间和空间没有把握，但我喜欢那段时光，并且无限怀念那样的日子。这就像我们总觉得青春不堪回首，可是大家又都愿意让青春重来一遍。

那是一段如风的日子，来去自由。有一天，我突然不想再与任何人说话了。你不要问我为什么，我忘了告诉你，那还是一段不需要理由的日子。与我擦肩而过的人似乎明白我的心思，我们闻到了他们身上沾染的青草气息，但我们一句话也没说，也没有冲对方微笑，或是打个响指，吹个口哨，拍一下肩膀，撇一个嘴巴，点一点头……什么都没有，完全没有一点表示，好像远远地就从眼睛里把对方抹掉了。

那是一段不声不响的日子，可又是最澎湃最热烈的日子。我早早起床，爬上山巅，清晨的风带着乳白色的薄雾在山间游走，草木葱翠，晶莹的露珠挂在梢头摇摇欲坠。

中午时分，我扒光衣服，像一只绿毛水龟一样潜入水底，水下的世界很动荡。我一口气说了很多话，因为说得太猛，还呛了几口水。闭上眼睛躺在岸边，冥冥中觉得若有所失。我无法用抽象的形容词来表达那一时刻的感受。

傍晚，酡红的云霞贴在天边，村庄陷入一片红灿灿的泥沼中。聚拢在田野上空的红蜻蜓饮醉了夕阳，准备把筵席拖延得久一点。

　　萤火虫在夜晚出没，它们亮晶晶的光屁股把陷于幽暗的世界装点成如梦如幻的仙境。世界看上去安详、平和，波澜不惊，其实却是暗流涌动，万马奔腾，巨大的动静因为没有声音而被人们忽略。大部分时候，我们把有动静和有声音画上了等号，我们因此犯下致命的错误，并且为此付出太多代价。

　　那是一段怎样的时光啊？我想，有一天，我在从天而降的清流中洗净双足，掏空心肺，餐风饮露九九八十一天，然后才能驾祥云而返，回到过去，然后像风一样拂卷柳叶，像雨一样轻吻桃花，像任意一只鸣虫一样恣意而歌，这是多么适意的生活啊，要多好就有多好。

理想的午后时光

周四，吃过午饭，独自进到一家书吧。选了一个靠窗的座位，屋外春寒料峭，所以还不敢开窗。窗外是小河一条，河对岸是繁华的商业街，车如流水马如龙，熙熙攘攘，好生热闹。

读到了好书，总有"既生亮，何生瑜"的感慨，心里想着：我大概是写不出那样的好文章了。于是又陷入了焦虑和绝望的情绪中。

每次被别人介绍的时候，总有浑身上下每一个细胞都不自在的感觉。盛名之下，其实难副，那个被介绍的人其实离自己好远。

我希望成为一个处变不惊的人，即便遇到了大场面，也可以从容应付。可是，做到这一点真的难于登蜀道。虽然自己一直努力修炼，但抵达成果的那一天仿佛遥遥无期。

有时候，不由自主地叹一口长长的气，仔细想想，似乎也没什么值得长吁短叹的理由，只是觉得胸闷，挥之不去的不痛快感，只好叹一口气，把莫可言传的情绪吐出来。我想，自己终究做不到云淡风轻地看待周遭的人与事，毕竟，那需要相当的底蕴。

小孩子在广场上追逐泡泡，他们不亦乐乎地跑呀跑，泡泡们在阳光照耀下显出缤纷的色彩。可是，手指轻轻一触，那些光鲜亮丽、飘忽不定的泡泡们就不见了踪影。孩子们愣愣地站着，表情好失望。终有一天，他们会明白：世上没有一件东西可以真正被自己拥有。不过，这也不意味着我们因此可以满不在乎。

任何一条路，走着走着就进了死胡同；任何一件事，长年累月地重复做，就会失去新意，成了嚼之无味的鸡肋。如今，驱使自己做事的动力主要是兴趣，虽然心甘情愿，但还是免不了有痛苦。痛苦大多源于自责，所以格外地深刻而彻底。于是不得不适时停下来，调整一番，然后重新上路。至于调整的时间和效果，只好交给天意。

看似自然的风景，其实是刻意雕镂、苦心经营出来的。热闹的人生局面，又藏着多少空虚寂寞冷啊。

此刻，我坐在这间老旧而干净的书吧，零零碎碎地想着心事，又逐字逐句再读了一遍书稿，我觉得自己可以放心地把它们交出去了。打开手机，再次看了天气预报，温度趋势图是一条节节攀升的线，我意识到，这个城市的春天就要来临。我突然开心极了。

读心理学专业的朋友对我说：你是典型的场依存型认知风格的人。他的意思是，我的情绪太容易受到周遭环境的影响，这样不好。我也觉得自己未免太不成熟，与年龄不相符，可是自己竟然一直如此，实在无可奈何。

无论如何，今天的感觉很美妙。一年中最喜欢的光景就要来临，我似乎听到了春天纷至沓来的脚步声。然后，稿子定了下来。年华挡不住地匆匆流逝，所剩的这些文字，是自己对时光纷纷剥落的唯一交代。这个打着"书吧"招牌的地方，其实没有书。它的热闹时刻还没有到来，霓虹灯亮起之后，客人们才会如约而至。现在，它刚刚醒来，空落落的屋子独我一人。不过，它没有怠慢我，音响里循环播放着我听不懂但是很好听的旋律。

理
想
的
午
后
时
光

这算得上理想的午后了。台湾作家舒国治写过一本书，名为《理想的下午》，我喜欢这书名，奈何被他抢先用了，原想以此为题，但不想别人说闲话，改来改去，总觉得不妥帖。书我买来读了，知道了作者行过许多地方，记忆的仓库里堆了满满当当的料。我的足迹所至有限，与他相比，实在黯淡，可是每每思及往事，还是心绪起落，终究意难平。

我想到今后的人生还会有得有失，心里既期待又恐慌。世间没有永恒的一切，可我们还是挡不住地爱上终将消弭的一切。用不了多久，这些小文章也不复存在，那又怎样呢？我想，如果此生多遭遇几个理想的下午，也就不辜负生命的馈赠了。

小时候，我特别喜欢建造自己的小窝。在草木茂盛的地方，在无人问津的山坳里，我用树枝和蒿草编织房子，然后把平整的青石搬进房子里，还悄悄将融化了的蜡烛油收集到瓶子里，放一根棉线，就可以点亮星星之光。那时候，我寄居在亲戚家，亲戚有他们的子女，自己无法与其他孩子一样拥有温暖。我在遭受冷落的时候学会了自己和自己玩儿，在自娱的游戏中获得了某种精神慰藉和补偿。

毕业后，为了工作而东奔西跑。虽然朋友们还羡慕地说：出差无异于旅游，但我自己却委实痛苦。脏乱的车站，旅途的劳顿，喧嚣的市声，失眠的痛苦，寻路的艰辛……无不使出行变得困难重重。山一程，水一程，竟然也就这么走过了悠悠岁月。我所依靠的，也是自娱自乐。手上一本书，漫长的路程因此有了诗意；失眠的夜晚，索性点上明灯，把一些瞬时的感悟记录下来，心中窃想：日后回望来时路，总算有素材了。如今写着写着，竟至迷恋。记得香港作家马家辉说过：善于自娱之人，是最有福气的。如今，自己无论身在何时何地，都能轻易找到乐子，真算是福分。

在这个理想的午后，拥抱此时此刻的美好，简单一点，做自己，不应承任何人；以一颗自娱的心，抚摸往事，觉得一切都挺好。

我知道
没有人值得我羡慕

一个人的春花秋月

暖国不飞雪

我很怀念下雪天。

也许，是因为这暖国的冬天，已经极少极少下雪了。

下雪的时候，天地肃穆，街上人迹稀少。可以蛰伏在一个隐秘和厚实的地方，观察弹丸之地的变化。视角，是狭长的门缝，是矩形的窗户，是楼与楼之间的空隙。

每年冬天一到，我都觉得自己很抑郁。因为没有落雪。

冬天，万物包裹着坚硬的外壳，不舒展，不伸张，不活泼，不动弹，不跳跃，不欢腾，不喜悦。我想独自跳一跳，可是发出来的声音隔得很远都听得很清晰。

与冬天有关的故事，因为没有大雪覆盖，就裸露着，被风吹，被雨淋，被霜打，它们，都坚硬得像石头。

绒绒的大雪漫天飞舞，那该是怎样一幅温暖的画面？

山的另一头，连着另一座山；山与山牵着手，绵延。我知道，肯定有不再是山的地方，但是我看不到。

那是北国，我的故乡，时间回溯到童年。故乡夹在山与山起承转合的地方。我的爱很小很狭隘，装在怀里的，是某省某市某县某乡某村那个叫潘家庄的地方，其实，它只有一户人家，一间老屋，石头累的地基，土墙，瓦顶，石条台阶，巴掌大的院子，两棵梧桐树。站在山顶，顺着天空往下看，只能见到一小半的灰色屋顶，和大块大块的树叶子。

我从一座山的山脚出发，走起伏的路线。天上下着大雪，天地间填满了无边无际的白茫茫。我像鬼魅一样，游走在乾和坤的交接处。

我用父亲留给我的绒帽包裹住整个脑袋，只留出两个眼睛的缝隙。一个人踽踽走在蛇行的山路上，却觉得踏实，无所畏惧。因为世界足够大，自己足够小，小到了虚无。虚无身形所以肆无忌惮。

老屋在并不远的远处，我竭力遥望，但看不见它的影子。它被大雪盖得严严实实，像藏在地窖深处的时光。如果万物停止流转，时间的作用就消失了。

我在回老屋的路上，经过一户人家，橘黄的灯光从门缝里倾泻出来，地上印了一条雪的影子。门前的草垛下突然窜出一条狗，冲我一阵乱吠。我加快步伐，脚底的积雪和冰溜溜被踩得吱吱作响。走了很长一段路，我开始想象那只冲我发火的狗，和它拥有的那一垛稻草。那么厚实的草垛，多么温暖！

许多年后，我在一篇题为《温度》的诗中写道：

　　　十几年前让我念念不忘的狗

　　　它拥有一垛温暖的稻草

　　　和一个好过的冬天

那个海风咸涩的城市，冬天冷极了。读书生涯的最后一个寒假，为了赚点银子，我谋了一份差事。

女友一直在宿舍住到关校门的那一天。每天傍晚，她都会在开水房门口等我，我下班回来，远远地看见她穿着红色羽绒服，围着围巾，戴着口罩，不停地跺着脚，背后是开水房渗出的白色水汽。她一只手缩进袖子里，另一只手上拎着给我买的蛋炒饭——食堂早已关门了。我飞奔过去，看到她笑弯的眼睛和尖尖的冻红的鼻子。我问她："冷吗？"她说："不冷。"可是我的手脚已经冻得麻木了。

那天，天下大雪，纷纷扬扬的鹅绒大雪漫天飞舞。下午时分，雪停了，天地一片素白。

分别的时候到了，我从学校搬到工厂的八人宿舍，女友拎着大大小小的包等车回家。站在路口，转过身，看到不远处茂密的竹林，脱尽了衣裳的树木，弯弯的拱桥，裸露在雪被外的池塘。那是我们常去的一个小公园。春末夏初的晚上，坐在草地上，仰面看见熠熠闪烁的繁星。池塘里传来热烈的蛙鸣。

女友买了五个大橙子，自己拿一个，剩下的四个用保鲜膜包好，递给我，她说："回去每天吃一个，不要丢在角落里忘记吃了。"说着，说着，泪水就淌下来了。

我到美院进修的时候，租住在一个破落的小区里。房间只容得下一张床，走起路来还要侧着身子。我用塑料薄膜把阳台封起来，放上一张可折叠的方桌，算作书房。我在里面读书、作画、写文章，日子过得简单、寂窄，但感觉丰满。

　　隔壁住的是一对情侣，虽然没和他们说过话，但我知道，男的在广告公司上班，女的是一家地板店的导购。晚上，我在房间里煮米粥，他们在隔壁的说笑声透过木板墙清晰地传进我的耳朵。他们隔三差五做爱，动静不小。他们的爱浓烈而奔放。

　　那是一个飞雪的晚上，我上完课，在书店买了奥威尔的《一九八四》。回到小区，天已经黑了。昏黄的路灯光映照着姑娘的身影。沿着黑漆漆的楼道上到二楼，猛然发现隔壁的房间门敞开着，屋里乱作一团，穿制服的警察似乎在里面找着什么东西。女的披散头发，瘫坐在地上，她的哭声变成了一种细弱的颤音，嗡嗡的，绵延着——她已经无力再悲伤了。

　　温度，这是冬天最需要的词汇。一块石头被雪覆盖在温暖的身体里，它侧着耳朵，听到空旷的风声，窸窸窣窣的脚步声，呼吸声，说话声……时光流过，有一天，它感到眼前明亮又热闹，睁开眼：柔软的阳光像水一样晃荡，目力所及的地方，一路游移着隐隐约约的浅绿鹅黄。这样该多好！

隔三厘米的寂寞抚摸自己

　　我很喜欢写字，有事没事的时候，我都要写上一会儿。由于很多个说不清楚的原因，我没能当上一个书法家，我觉得遗憾极了。但我一直没有放弃当书法家的理想，我打算，等以后日子能够安顿下来，有了富裕的时光，我要在写字上多花些时光。

　　我很喜欢读书和写字的生活，真是喜欢极了，但这样的生活很奢侈，可以说是一种高级享受，凭什么不劳动就享受呢？我回忆起大学的时光了，哎呀，那真是一段美好的时光，因为可以光明正大、心安理得地过读书和写字的生活。很多人说读书苦，更是懒得写一个字，他们错过的是怎样一段美好时光啊！

　　在我就读的那个校区，有一座废弃的老教学楼，大

隔三厘米的寂寞抚摸自己

门整天紧锁着，透过窗户望进去，里面阴森森的，所以大家都用"鬼楼"称呼之。我却发现了鬼楼的妙用。你只要小费一点功夫，从窗户里爬进去，就会发现里面别有洞天——教室里安静、空阔，不正是读书写字的好地方吗？我第一次偷爬进鬼楼就有种相见恨晚的感觉，后来我把被子、脸盆、毛巾、牙刷、杯子、水瓶……都一件件带进了鬼楼，正式在鬼楼"安家落户"。我在鬼楼过得逍遥极了，日出而起，日落而息，这不正是我梦寐以求的日子吗？我不喜欢熬夜，天一黑就想钻进被窝，尤其是冬天，躲在被窝里听着风擦过窗户时发出的声音，偶尔睁开眼睛，看一看窗外黝黑的树影。落雪的时候，雪轻叩着窗玻璃，世界安详极了，都能听到时光流逝的声音了。

我纯粹的读书和写字生涯在大四那年宣告结束。因为我谋了份差事，开始养活自己。为了过上离群索居的生活，我费了九牛二虎之力，才在校外找到一个窝：两室一厅一厨一卫，还带个院子。房东说：都归你了。我四处瞅瞅，发现窗台上沾满了斑斑点点的鸟屎。我当时二话没说就跟房东定下来了。后来我才一点一点体会到当初的决定有多明智。大家都习惯用鸟不拉屎来形容一个地方有多破，实际上，鸟屎越多的地方才越破。鸟怕人，鸟屎越多的地方人就越少，人越少的地方就越安静。这完全符合我的初衷。更让我心动的是，屋前有一大片荒地，荒地上长满蒿草和刺藤，有一种荒郊野外的感觉。

我在这个窝里生活了将近两年时间，起初就我一个人。为了排遣寂寞，我只能自己跟自己玩儿。但也实在没什么好玩的，就只剩读书和写字了。我那时候特别喜欢抄对联，有一本《古今对联集锦》，薄薄的一小册，被我反复抄写了好几遍。后来有一对学生情侣找到我，要租房子，我就转租给他们。他们天天晚上出去通宵上网，白天回来睡觉。他们走的时候没跟我打招呼，拖欠的两个月房租一直没交。再后来陆陆续续住过几个学生，但是没有一个人超过三个月。大家都像无根的浮萍，漂泊不定，我倒是守着破窝迎来送往，不知道是什么东西让我留守下来了。

时间走到了二〇〇八年。大家都知道，那一年冬天雪下得很多。但很少有人知道我和千千万万的漂泊者一样，被雪困在了千里之外的异乡。冬天很冷，我要顶着刺骨的寒风去上班。路上结了坚硬的冰，一不小心就会滑倒。我坐在办公室，拼命跺脚，但怎么也暖和不起

隔三厘米的寂寞抚摸自己

来。晚上躺在被窝里，蜷缩成一团。风把窗户吹得直哆嗦。每到这个时候，我都会幻想着自己拥有一座城池，站在城头，脚下是一望无垠的繁花盛草。我的城池空空如也，我所过的生活也空洞无聊极了，只是在夕阳西下的时候，沿着古老而破败的城墙根走一走，默不作声地看一看。每天晚上我都是在这么稀里糊涂的幻想中睡着的。

马上就要过年了，我放假了。一下子有了大把的时光，突然觉得寂寞极了。除夕那天，踩着厚厚的积雪来到市区公园，公园里一个人也没有，树木都脱光了衣裳，用瑟缩的姿势站在空旷的雪地里。我佝偻着身子，脖子使劲往衣领里缩，但还是觉得突兀。干冷的风吹皱了脚下的湖水，我看见湖水里的自己摇曳着，变得灰暗而模糊。我想抱一抱他。

那个夏天那个秋天

终于在外面找到了合适的房子。两室一厅，底层，附带一个院子。院子里野草疯长，更外面的地方还是野草。锈蚀的铁门松松垮垮地挂在水泥门框上。窗台上涂满了斑斑点点的鸟屎。这些都不重要。重要的是便宜，而且安静。

屋里有一张床和一张桌子。我把必需的生活用品从宿舍搬进来，另添了一口电饭锅和一个"热得快"。两个凳子搭一条木板，用来摆放随我而来的那些书。一切置办妥当的时候，天黑了。正好，我在厨房洗澡（卫生间已经作废），起码不用担心被外面的人看见。

晚上吃山芋条煮的稀饭。临摹一帖米芾的行草。第一天在新住处夜宿，不想写文章了，看看闲书吧。

站在窗台边，微微抬头，可以看到对面阳台晾晒的衣裳，有女人的丝袜和内裤。每天我都会不自觉地朝那个方向望几眼。我觉得很好，既可以缓解视觉疲惫，又可以引发一些遐想。这些稍带着女人气息的物什给寂寞无聊的时日增添了生气。

我为自己制定了一份严密的码字计划，完成了任务，才准许自己穿过野草揪扯的荒地，去外面放一放风，找点稀饭之外的食物，然后去书店。出版社和杂志社零星汇来的一些钱，除了吃喝，绝大部分都用来买书了。至少目前，我还蛮喜欢这样的生活，并且打算就这么着维持一段时间。

我在屋子里读书，读出声音来，等于自己和自己说话。我用遐想和练字来排解寂寞。越来越发现，我码的字字里行间流露出古旧、自闭、寂静的味道，和生活的状态一脉相承。我满意极了，手舞足蹈起来。

不足的是蚊子太多，没有办法斩尽杀绝。如果不是因为它们，我想在院子里多乘凉一会儿，让脑海里盘旋的想法走得更远更高一点儿。那些遥远的往事，就像散布在夜空的星星，熠熠的，闪着幽昧的光，对我有无穷的吸引力。

后来我将另外的一间房转租给一对情侣，他们比我小两届，不知道哪个系的。我甚至连他们的名字也不知道。他们做爱的声响很大，门也不关严实。我在房间看书，不明白为什么，我很漠然。后来他们不告而别，欠我的两个月房租也无处可要了。

再后来我的一个朋友过来，忙自己的事，很少在屋里。没过多久也走了。

我心爱的人在那个夏天离我而去了。我在梦里看见她一蹦一跳地上楼梯，上到顶楼的天台上，然后失足摔下楼。鲜血蒙住了她的脸。我死死抱住她。悲伤地，哭醒了。醒来看到外面晨雾未开，万物沉睡在一片死寂之中，一丝凉风穿过窗户吹到身上。胸口发闷。原来是梦一场。而此刻，她该在另一座城市做着我难以知晓的梦。我那么爱她。

这个城市掩埋了我们太多的回忆。所以，舍不得离开。我想，但终究还是要离开的。

最后一次握手离别的时候，这个城市下了入冬以来的第二场雪。雪停了，阳光却明晃晃地照下来。公园里赤裸的树木瑟瑟地弓着身子，湖面上映着瘦瘦的倒影。积雪踩上去，发出吱吱的细碎声音。心爱的人藏进竹林让我去找她，她的笑声如银铃，让这个满是阳光的午后洋溢着融融的暖意。

夏天和秋天，我在空荡荡的屋里高声诵读自己的文章，已经没有人再与我分享它们了。

夏天和秋天，很多时间，我陷入了苦涩的回忆，期望着有朝一日可以通达情事，不再是一个情种，可以在回望的时候，说："亲爱的，我们相爱过，这就够了。"

夏天初始。我不小心在一处矮小的灌木丛中发现了一个鸟窝，就在距离窗台不足二十米的地方。发现它的时候，四颗带灰色斑点的小鸟蛋挤在光滑圆溜的巢里。四个孕育中的小生命看上去如此脆弱，不堪弹指。

可是我又怎会忍心惊扰这些安顺生活的小生灵呢？

时间富裕的时候，我去院子里捉那些还没有长硬翅膀的青蚱蜢，捉了很多，将小小的窝堆得满满。四个小生命的父母接受了我的好意。早上，窗外的鸟语声格外清脆，我猜想，是它们兴兴头头地在过生活呢。

没多久，四个小家伙出世了，光溜着身子，大眼睛还没有睁开，但是知道拼命要吃的。我用米粒和蚱蜢喂它们，它们的胃口很好，吃很多。

成长的速度是飞快的，眼看着就长了绒毛，眼看着就生出羽毛，眼看着跃跃欲飞，眼看着就飞上了天空。

我们很熟识，我还喂它们米粒和蚱蜢，它们亲昵地飞到我的手臂上。它们一家子人丁六口。它们过着平常生活，但是和谐。

秋天到了，它们不再回窝里歇息了，因为野草和灌木失去了夏日的繁荣，不能再为它们提供庇护。它们混进鸟群里，也许它们还常常来院子里看我，可是我已经认不出它们来了。

秋天深了。秆子说："不干了，饭都吃不下去了。"我知道他很苦恼。

他的雄心和欲望在开始的时候很大。他说，用四年的时间，让自己的文章上所有有名的和没名的刊物。他用功甚深。他成功了，花钱的和不花钱的，有稿酬的和没稿酬的，他让自己的名字挂上了刊物的版面。可是他说"不干了"。

我们在屋子里喝酒吃肉，汗流了下来。秆子还说了："真不知道文学这东西，到底有没有意义？"他很迷惘，我们都很迷惘。不管怎么说，他"不干了"。

他把一堆翻烂的书留在我这，然后折身南下，去讨生活了。他渐行渐远的身影染上了这个城市的暮色，看上去，像一只蒙满了灰尘的斑头老鹰。

我退回院子里，仰面看着苍茫的天幕。从此，这屋子的门槛再没有人碰响过。

　　出版社的稿子终于交过去了。秋天深了，凉风吹进来，我犹豫着，是不是应该添一床被子。最后还是没买，因为没过多久，我就离开了。

一个人的春花秋月

那天，虽然迷路了，却不再慌张。

四点多钟，日光变得柔软起来。道路边鸟语花香，路上车也少。我想，在这么一个地方把自己弄丢了，又有什么大不了呢？

每次出行，都悲摧地再三确认路线。时间总是仓促。有人问我：为什么你一直是风尘仆仆又火急火燎的样子？这大概是我在聚少离多的朋友们心中的模样，其实，我也不想这样。

那天，我突然意识到自己并不重要。这么想着的时候，整个人都松弛下来。一个人生活的好处有很多，这是其中之一。

一人吃饱，全家不饿。这句通俗的话，说的就是

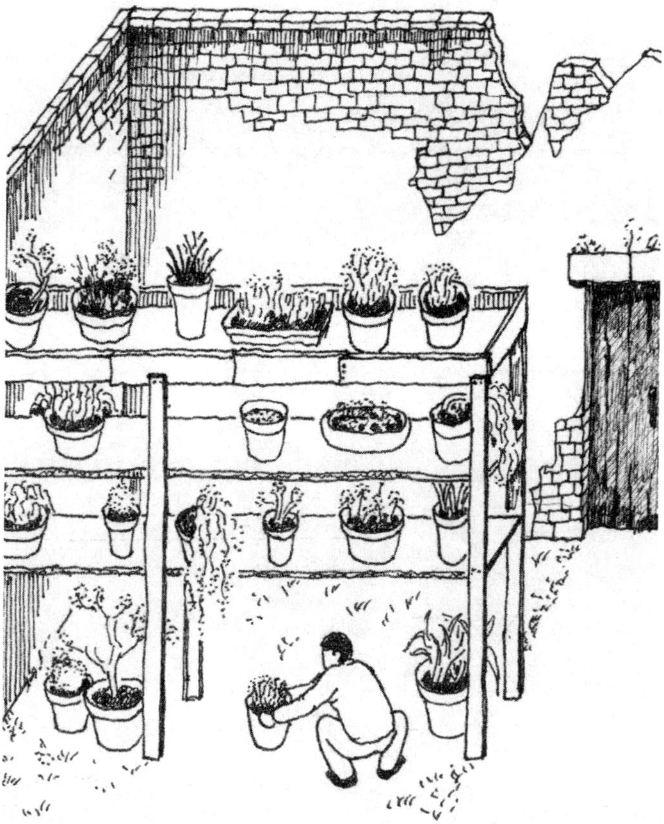

这个道理。一位朋友曾这样说过：假如我的亲人都不在了，我会过得比如今自在。虽然她独居在小镇，还是感受到亲人的管束。我也只好劝她：别这么想。

　　一个人，无拘无束地在世上自立，一定会做些出格的事情吧。我想到这一点，竟然被脑子里蹦出的奇怪想法吓坏了。假如有朝一日，我付诸实践，那么，心里的负罪感一定多于快活，虽然不会伤害到任何人。自己说服自己才是最难的。

　　最初决意一个人独居，理由说出来，自己都觉得幼稚和荒唐。我喜欢伺候花花草草，还喜欢养金鱼。我乐颠颠地折腾，父亲母亲从身边漠然地走过，没说什么话。我自己总在心里想着：他们大概是以为我不务正业的吧。我悄悄藏起欢喜，慢慢的，也收敛了伺候花草的行为。

　　这些微小的理由，却成了驱使自己做一些事的动力。这也许是不成熟的表现吧，可是，我竟然一直如此，真不知道是不是很可悲。

　　一个人看春花秋月，因为不能分享点滴的小欢喜，只好储蓄起来，反而可以维持得更久一点。这算得上独居的另一个好处。花费半天或者更长的时间，侍弄花草，呆呆地看着天，也不用担心被别人嘲笑，笑你矫情，笑你不务正业。想到今天和昨天没有两样，今我和故我并无二致，也不觉得羞耻。拥有这样的心境，是好是坏我也不知道。

也许我还会恋上另一种存在的方式，这一天或许就要来临。但此刻，我还乐在其中。

如今，我喜欢干净的女子。我想，她应该是这样的：我坐在阳台看书，她在屋里顾自玩乐，玩腻了，就懒懒地坐到我对面的藤椅上，伸出脚踢我，过了一会儿，她就闭目养神了，柔软的身体埋在明媚的阳光里。我的目光越过纸上文字，停留在她的身上。这大概就是"现世安稳，岁月静好"吧。

我想我懂得了一些道理

　　我跨过三十岁门槛的那年春节，母亲建议我去爬山。她说无论如何，这个年纪对你来说都有非比寻常的意义。我越来越相信母亲的话。于是，不远万里，不辞辛苦，一连爬了好几座壮美的山。从山顶蛇行而下的时候，我一路尾随刚满十岁的小侄女，身体歪歪扭扭地踩着石栏，或者干脆跳出石阶，从羊肠小道穿过。我学超人的样子，从山坡往下跳。我觉得除了没有内裤外穿，自己学得还挺成功，不然小侄女怎么都笑得合不拢嘴？母亲在一旁嗔怪道：瞧你，一头的汗，别疯了，竟然还像个孩子！

　　我不能同意母亲的话。我觉得，三十而立的我懂得了一些道理，这些道理绝非孩子所能理解，所以，我不再是孩子了。（瞧，这是逻辑多么严密的论证呀，这再次证明了我的智商不是孩子们所能望其项背的。）我这么睿智，城府深邃，思想饱满，正朝着成熟男人的大路上狂奔而去，怎么可能还像孩子。娘，我说的都没错吧。

比如而立的我，越来越喜欢有趣的人了。道貌岸然的人太假，无微不至的人太闷，居高临下的人太傲，求全责备的太累，如履薄冰的人太冷。在我看来，还是松松垮垮的人最好，不正经，不紧张，不忌惮，处之淡然。他们在生活里加了调侃和幽默的佐料，把生活变得有滋有味。不过，你在他们身上找不到丝毫的玩世不恭。我喜欢他们，自诩是他们中的一分子。

比如而立的我，不再贪婪而盲目地索求自由了。世上没有绝对的自由，也不能有绝对的自由。大多数时候，我们打着自由的幌子，希冀的东西其实是"为所欲为"，是对本性的纵容。这样的自由我曾或多或少地有过，但我没有因此而感受到快乐。有节制的生活才会令我心安理得。我觉得，心如止水是至高无上的快乐。

比如而立的我，不再高估自己一年所能做的事情，也不再低估自己十年所能做的事情了。有些事情我不急于在一年之内做完，因为不想后悔，不想留有遗憾。我有足够的信心创造一些完美的东西，而那些没有把握的事情，我会尽量减少或者舍弃。

比如而立的我，心里想着：人生是一场寂寞的欢喜。没有任何人真正能够帮助你，没有谁不寂寞。你最爱的人是自己，只有你对人生的盈亏负责。我意识到"如鱼饮水冷暖自知"是对人生最残酷也最精准的揭穿。

比如而立的我，想到光阴荏苒，想到往事如轻烟一般被遗忘，真的感到很艰难。当你读到这一行文字的时候，时间又悄然流逝了不知多少。没有选择的出生，莫名其妙的孤独，不可救药的喜欢，这些也是人生中无可奈何之事。想想也就算了。

比如而立的我，不再有很好的记忆力，讲课的时候，大脑空白的情况越来越频繁地出现，只好用多年来积累的小段子来救场。写文章的时候，打好的腹稿经常被遗忘，有些华丽丽的句子被我弄丢了。这些情况让我感到非常沮丧。我是这样安慰自己的：值得你记住并珍藏起来的东西其实不多，时过境迁，那些历经时间淘洗而依然历历在目的往事，才值得书写和讲述。

比如而立的我，懂得了遵循理性指引的重要性。很多时候，你被隐约的欲望唆使，义无反顾地做了一些没有意义和价值的事情。我其实不喜欢用含义模糊的词，比如意义和价值，可而立之年的我，开始认真思考它们。很可惜，我尚没有得出什么像样的结论，但我大概觉得应该做到让自己心安理得。人要用理性来节制藏在身体里的另一个不安分的自己。战胜自己是一件很困难的事情，但这很重要。目前为止，我认为最有效的办法，是别让自己身陷于诱惑之中，离它远远的，越远越好。至于到底能不能成功，就看你的造化。

比如而立的我，还不能很深切地理解佛家所说的人生八苦：生、老、病、死、怨憎会、爱别离、五阴炽盛、求不得。但我已经能体会到这样的概括很精妙。与"老子自打出生来到世上，就没打算活着回去"的调侃相比，我更喜欢"因为参透了，所以更爱"的一往情深。我觉得这才是大爱，是真情怀。

我不能确定这些道理的对和错，但它们无一不证明了我的青春岁月正无可救药地逝去。一个年纪在而立和不惑之间徘徊的男人，他的迷惑还很多，激情时刻来之不易。爱也来之不易，可一旦爱上，就会炙热而持久。你也许会觉得这种说法很矫情，他也不在意。他在意的事情越来越少了，但在意的程度却越来越深，所以综合起来说，他的在意变多了。他特别怕看到伤害，无论是自己，还是别人。只有在迫不得已的情况下，他才会选择开车。他的首选是步行，骑自行车次之，坐车再次之。

在山脚下，一个头发斑白的老头，推着一辆行李车从我身边拐过。对不起，我说错了，应该是行李车拽着老头从我身边拐过。他好像没有足够的力气驾驭行李车，所以身体前倾，脚步急促，歪歪扭扭地跟着行李车一路小跑。他嘴里嘟囔着：嘿，这车真不好推。走在他前面的是一对年轻男女，男的手里抱着小孩。我猜，这是一家三口，老头是小孩的爷爷。果不其然，小孩扭过身来，看到老头滑稽的姿态，笑得合不拢嘴，边笑边喊：爷爷，爷爷，你好像刚才看到的那只猴子。老头一直冲孙子憨笑，那笑容里，充满了不好意思的表情。

而立的我，见到此情此景，眼眶里忽然溢满了泪水。我的小侄女已经跑远了，母亲在身后不紧不慢地走着。我跨过三十岁门槛的那年春节，她对我说，去爬爬山吧，三十岁是座山，你得把它翻过去。

为什么不再买一串白玉兰

"先生，您要买花吗？"

我坐在公交站台的长椅上，正用手机阅读一本电子书。这是一条狭长的单行线小路，路两边是高大的梧桐树，秋日的淡淡阳光从树叶的缝隙间漏到地上，斑斑驳驳的。我从一家古旧书店出来，时间还很从容，所以想去一家咖啡吧里消磨时光——点一杯咖啡，可以打一下午的桌球。于是来到站台，等车，无聊，打开手机看书，然后，就听到一个细细的女孩的声音："先生，您要买花吗？"

我抬起头，看到站在眼前的女孩——长发，瘦小，羞赧地看着我，她胯下的小竹篮里放着串成圆环的花。我闻到了淡淡的花香。

我问她："你都有什么花啊？"

她笑了，轻盈地坐到我旁边，羞赧的神情变成了开心。她说，"我就知道你会买的，我有茉莉花和白玉兰。"

她的裙子有百合褶。深秋时节，她还穿着裙子，我问她："你冷吗？"

她低下头，说："有点的。"

我就说："那为什么不多穿点。"

"我想漂亮一点，也许就会有人买我的花。"她若有所思地说，"舍不得什么套不着狼，不是有这句话吗。"

我说："舍不得孩子套不着狼。"

她说："对。"

我说："可是，孩子比狼重要得多啊。"

然后，她就不作声了。她的手下意识地拨弄着裙摆，像挨了批评的孩子。

我说："我买一串花吧，要多少钱啊？"

她把花篮递到我的跟前，说："茉莉花两元一串，白玉兰三元。"

我买了一串茉莉。小小的白色的茉莉花用细铁丝串成圆形，有掌心那么大。我在想，该把这小小的花环放在哪里呢？

小姑娘坐在我旁边，过了一会儿，她怯怯地说："先生，您再买一串白玉兰吧。"

我说："我买一串就够了。"

我不是花痴，也没有可以送花的对象，而且，我准备去喝咖啡、打桌球，我买这两个小花环干吗？

小姑娘说："今天的运气真不佳，走了好几个站台，只有你一个人买，先生，你就再买一个吧。"

她一直低着头，像是自言自语。

我说："那好吧，就再买一串白玉兰。"

她开心极了，眼睛扑闪扑闪地看着我，轻盈地从长凳上站起来，把白玉兰递给了我。

我在兜里掏来掏去，没有掏到多余的零钱，只有两张一百。我说："我没零钱了，整的，你能找吗？"

她摇摇头，说："你骗人，我刚才都看到了。"

我说："我没骗你，只有三个硬币了，我得坐公交车。"

她又不作声了。

过了一会儿，她又怯怯地说："要不，我帮你换一下零钱吧。"

我说："不了。"

她说："先生，你就换一下吧，再买一串白玉兰，很香的。"

　　她又像在自言自语，她已经知道我不会再买了，可她还说："先生，你就再买一串白玉兰吧，很香的。"

　　然后，我等的公交车来了。我上车，投币，然后转过身，看到空荡荡的站台上，小姑娘一个人踽踽地站着，手里拿着一串白玉兰，仰着脸，失望地、戚戚地看向公交车。

　　然后，车开走了。

　　我到了咖啡馆，点了一杯拿铁，没心思喝完。我匆匆付了钱，就出门坐车往回赶。车在古旧书店的站台停了下来，有人上车有人下车，但是，已经没有白玉兰了。那双失望的、戚戚的眼睛永远定格在空荡荡的站台上——我为什么没有再买一串白玉兰？

站在 21 楼看世界

　　这座多风的海滨城市，空气里永远弥漫着咸涩的气味，夏天酷热，冬天严寒，新建的速度赶不上衰败的速度。我站在第 21 楼，俯瞰这座城市，发现再也没比自己更高的东西了。

　　当我拼命蹬着快要散架的三轮车在主干道上缓慢爬行的时候，春天以三下五除二的速度包裹了这座城市。一切都是悄无声息的，光秃秃的枝丫上就冒出了嫩芽，灰蒙蒙的地上就铺满了绿色，黄的红的紫的粉的花就盛开了。我骑着骑着，就发现自己落在了春天后面。

　　我赶到租住的地方，院门前的蒿草又拔高了一节。三轮车经过一路颠簸，身子骨吱吱呀呀地响个不停。群聚在院子里开会的鸟儿闻声而飞，在未来的悠长日子

站在２１楼看世界

里，我要与它们一起分享光阴荏苒，岁月无声。

行李已经够少了，就好像在旅行，能抛弃的物什都抛弃了。人生不就是一次旅行吗？我站在玻璃窗前，隐约看见了自己风尘仆仆的身影。这个地方，是辗转的路途中短暂停歇的一个驿站。

房东对我说，你只花了一个房间的钱，却把这里全租下了，其他房间，一年半载也不会有人来住。他点了点手里的租金，然后大手一挥，说：看哪，还有这么一个大的院子，也属于你。

这个小区太破败了，所有的建筑物都灰头土脸无精打采的样子，因为年岁已高，身子都埋进了土里。即使在晚上，亮灯的人家也寥寥无几。风从蒿草上掠过，游丝般的虫鸣萦绕不散。我坐在石阶上，仰面看天，天高星少，春天已经相当浓烈了，可还是觉得冷。所以每个晚上，我都睡得很早，越来越早。蛰伏在被窝里，听着风和雨敲打窗棂的声音，我觉得幸福极了。

我在一家广告公司谋了文字编辑的差事，这是我的第一份工作，老板说，实习期八百，转正之后再说。我在心里盘算了一下，房租三百，剩下五百可以过上富足的日子了。于是，我就上班了。

搬出宿舍那天，我对大家说，先走一步了。舍友送我到校门口，浩子说，你终于不用再受卫生间臭气的折磨了。我说，是啊，也许我的鼻炎会慢慢好起来了。秆子说，打球随叫随到。我说，好啊，我不在，你们只有被蹂躏的份儿。

每个星期三上午，我早早起床，然后步行差不多一个小时，回学校上古代文学课，其余的课，我都忽略了。我是好学生，每年都拿奖学金，还入了党，但是有些课真的不想上。

上完课，我去图书馆换书。找书很费时，而且总是找呀找了很久也找不到满意的书。我没有时间，所以干脆按顺序一本一本借。学校的借书卡每次只允许借三本，我得控制自己看书的速度，如果看快了，接下来的时间就会无书可看。

晚上，我喝小米粥，菜是油炸花生米和豆腐乳。如果收到稿费，就去超市买猪头肉和散装啤酒。我不喜欢酒的味道，但是我喜欢喝酒的情趣。端起海大的碗，看着黄澄澄冒着细密小泡的啤酒，然后眯着眼睛啜上一口，再长长地舒一口气，那样子好像赛过了神仙。我在寂寞的日子里就这样取悦自己。

我想起来了，那个时候，除了每月八百的实习工资，还会有零零散散多多少少的稿酬。我把所有的空余时间都用来读书和写字了。读大四的时候，我已经拥有了自己的笔记本电脑，但仍坚持在纸上写字。我喜欢在纸上写字的感觉，写得龙飞凤舞，又改得面目全非，但是看上去很有美感，满满当当的，觉得特别充实。写完之后，我录入电脑，通过电子邮箱发给报纸和杂志的编辑们，然后，陆陆续续地就来了样刊和微薄的稿酬。我不把它们当一回事，可是我又知道，自己在心里很重视它们。

很快，浩子也找到了工作，在心理协会当秘书。他在电话那头对我说，想搬你那去住，离上班的地方近一点儿。我说，你来吧。晚上他就来了。

他住进了我隔壁的房间。我说，房东半年也不会来，没人会向你收房租。浩子说，我给你，咱俩一人一半。

工作第一天，下班了，浩子请我吃大排档。我点了一盘三鲜豆腐，浩子要了一个明炉羊肉，一个葱爆蛋，啤酒是我们自带的。这个时候，春风吹在身上，格外宜人。我看见大排档老板热火朝天地掂着锅，心里莫名其妙地升起了暖意。

浩子说，什么心理协会，听上去好像是个事业单位，原来是忽悠人的。我问，到底是干吗的？浩子说，其实就是做心理咨询师培训的，老板让我在网上发帖子，贴膏药。我说，第一份工作，何必太在意。浩子摇摇头，说，喝酒。

春风让人醉，我们回到小区里，搬两个长凳到院子里，仰面躺在长凳上，天上繁星熠熠，这样的晚上，真是让人快活。浩子扯着嗓子唱，妹妹你大胆地往前走，往前走。我说，你小点声，别扰民。浩子不唱了，改念诗了，逝者如斯夫，不舍昼夜。

周六早上，我被浩子吵醒。他兴奋地说，起来，我带你挣钱去。我失望极了，因为梦里的故事就要抵达高潮了，可是浩子喊醒了我。

我们走出院门，天还没亮。这个世界静得连时光衰败的声音都能听到。浩子步履轻盈，充满了激情。我还因为那个未遂的梦对他耿耿于怀，可是看在钱的份上，我没说一句话。

浩子带我步行了大概二十分钟，来到一座废弃的工厂门口，我看到一小群人已经聚集在一起。一个面目模糊但是身形精瘦的男人开口说，就等你们了。浩子应声说，那么，开工吧。

精瘦男让两个人一组，每组领两大捆传单。他说，发传单这种事情，应该不用我教吧，提防着保安和狗就行了，在太阳下山之前，把每一个小区每一户人家的门缝里都塞上传单，然后到这里领钱，别偷懒，要是被我检查到一户遗漏的人家，就别指望拿到钱了，去干吧！他的手向上一挥，太阳正好颤巍巍地冒出来了。聚集的人四散而去，我提着一捆传单，跟着浩子钻进了这座城市的中心。

当我上上下下爬了几栋楼之后，开始意识到今天最大的失策是穿了一件厚重的外套。它陪了我整整一个冬天，为我挡风御寒，与我不离不弃，但此刻，我很后悔带上它——穿在身上热，提在手里重。真不知道应该如何处理它。

浩子把外套和毛衣统统脱了，系在腰间。他的衬衣是屎黄色的，领口和袖口都磨破了。我说，你这样的穿着，真丑。浩子说，我在干活，管它呢，反正这个地方，一个人也不认识我。

我也学他的样子，把外套系在腰间，爬楼果然轻松多了。我把自己想象成一只脚步轻盈的猴子，在楼道里飞快而安静地上升着，娴熟地把传单塞进每一户人家的门缝里。当我在内心开始享受这个工作的时候，浩子说，真累，歇一会儿。

我们就在楼梯上坐下了。这应该是一个比较高档的小区，透过硕大的落地窗，可以看到小区门口带着白手套的保安毕恭毕敬地向每一辆进出的小车敬礼，粉墙黛瓦的住宅楼都是崭新的，小区中央的广场上有人遛狗，有人聊天，有人散步，有人健身，他们看上去慵懒而惬意。

屁股下的阶梯刚刚被坐热，然后我们就听到楼上滴滴答答的脚步声。转过头向后看，先看到一双高跟鞋，然后是一双穿着黑色丝袜的光洁的腿，再是裙子，再是一张精心修饰的脸。还没来得及看仔细，女人已经从身边擦过，转眼消失在楼道里。

歇着歇着，浩子突然说，看到有钱人，我会在心里觉得自己卑微，这就是犯贱心理吧。我没作声，但是我知道他说的那种滋味。

中午，我吃了一碗青椒肉丝面，浩子吃的是番茄炒蛋盖浇饭。从饭馆出来，浩子说，我请你喝水。我拿了一瓶饮料，浩子只拿了矿泉水。我说，为什么不喝饮料？浩子说，吃饭六块，坐公交车四块，我们一天挣三十块，三分之一已经没了，所以省点。我说，那我也喝水。浩子说，不，我请你的，另算。

其实细想想，哪怕只是保本，也是合算的，如果一天不出来，生活的成本也是必须付出的。流失的只是时间，可是时间有时候千金难买，有时候一文不值。我们一无所有，只有时间，可以挥霍，可以忽略不计。

一天的时间，我们几乎把这座城市的小区跑遍了，大的，小的，高档的，破旧的，都跑遍了。当我们回到原点的时候，一小群人又聚集在了一起。有人说，你们又是最晚的。浩子说，那么，发钱吧。可是精瘦男不在。他早上说，太阳下山了就来领钱。现在，太阳早就下山了，可是他还没来。

聚集在一起的人慢慢地都走光了，我说，咱们也撤吧。浩子蹲在地上，咬牙切齿地说，这个鸟人，要是被我碰到，非剥其皮啖其肉饮其血不可！昏黄的路灯光照在他的脸上，油光可鉴。我说，走吧，先去吃晚饭。

这个城市的晚上真是暧昧极了，五彩的霓虹闪烁着，面目模糊的人在街上走来走去。路两旁的白桦树在灯光的映照下，显出张牙舞爪的样子。风突然大了，揪着人的衣服拼命扯。我说，这天，看上去有大雨，我们是不是得赶紧回去。浩子显然很生气，一直不吭声，但现在他扬起头看天，说，恐怕来不及了。

雨就下来了，很大。风一会儿把雨吹到东边，一会儿又把雨吹到西边。雨很无奈。风揪着雨，好像撒气似的，拼命地往地上砸，往屋顶上砸，往广告牌上砸，往能够看到的一切东西上砸。

第二天，浩子感冒了，在床上躺了一天，被淋湿的衣服丢在墙角，像从淤泥里捞出来的。我收到了一张稿费单，214元，是我有史以来收到的最大数字，我开心极了，飞跑到邮局领了钱。回来后，我冲进浩子的房间，说，起来，我请你吃饭去。浩子有气无力地说，不想吃饭了。我说，我领到一笔钱，够你吃十锅明炉羊肉了。浩子从床上一跃而起，说，那么走吧，我感冒好了。

经过昨晚的一场暴雨，院门前的蒿草长得更旺盛了，鲜绿油亮。傍晚的太阳光像被洗过一样，干净而柔软，幽幽的黄，温暖得让人心都融化了。我喜欢这多情的时光，又无端地陷入了忧伤。在这样的霞光里，是应该恣情享乐的。浩子说，我们必须喝酒。我说，是的，是的，必须喝酒。像李白一样喝酒吟诗。

浩子痛快地吃着明炉羊肉，顾不上额头的汗珠。大排档老板在蒸腾的雾气前忙得真带劲，他老婆几天前生了个男娃，在家坐月子，要不然还能看到她腆着大肚子

站在21楼看世界

坐在炉台后摘菜、洗菜。浩子高声对老板说，你们家的娃，好福气，以后天天都能吃到明炉羊肉。老板说，天天吃，吃不腻才怪。浩子说，我就吃不腻，我有钱了，天天弄一锅明炉羊肉吃。我说，你怎么人穷志短，天天吃明炉很容易就能办到。浩子说，你试试写书吧，兴许能挣到大钱。我说，不是所有的事情都得赚钱才去做的，有人天天玩游戏，还通宵达旦，这事儿就不能挣钱，可是有很多人拼命这样做。

夜色辽阔，没有边际，但是恬静、柔美。我们告别明炉羊肉，浩子意犹未尽，说，咱去爬 21 楼吧。我说，好啊，爬啊。于是，我们像风一样来到 21 楼的脚下——爬上去，就能看到这座城市所有的灯光。浩子仰着脸，脸上漾起莫名的笑容，他说，冲啊！我们乘着风，旋转而上，一楼，二楼，三楼，四楼……像所有迎风飞翔的少年一样，肆意，快乐，充满了希望。

一个人的春花秋月

后　记

　　像我这么一个粗糙的男人，竟然还不可救药地需要温暖，说出来都让人害臊。可事实从来不会因为我的耻于告人而有什么改变。每到冬季，我做任何事情的效率都特别低，晚上早早地就上床睡觉。尤其是酷寒的时候，我简直想要变成冬眠的动物，找个温暖、厚实的洞穴蛰伏起来，等到冰雪消融、春暖花开再醒来。每晚睡觉时，我脑海里想着：自己在一个四季如春、繁花似锦、草木簇拥的地方，造一间房，劈柴生火，伺候一大群牲畜。这么想着想着，就安然入睡。有时候，寒风呼号，飞雪弥天，我干脆就闭门不出。什么工作，什么上班，什么职业素养，统统滚蛋。我的车被雪覆盖住了，它裸身在风雪中，想必很冷很冷。

　　有一年冬天，我的前女友坐了四个小时的车，来到我所在的城市。华灯初上，屋外却是冷雨淅沥。我陪她吃过晚饭，穿过幽暗的街巷，来到栖宿的地方。她说：因为出来办事，地点就在毗邻的城市，所以索性折道来看看你。我苦笑一声，无言以对。两个人枯坐在灯下，有一句没一句地说些无关痛痒的话。最后，我终于说：我要回家了。她说：急什么，时间还早。过了一会儿，她又说：你要回的话，就回吧。我站起身，走到房间门口，回过头来，看到她瘦削的身影，孤单地站在黯淡的灯下，像一朵飘零的梅花。她说：我明天可能走得早，在来的路上，司机说明天可能下大雪，高速会封路，我得赶在雪落下来之前上车。我"哦"了一声，赶紧转身离去。

第二天，她发来短信，说她已经坐上了回程的车，给我留了些礼物，在酒店的房间里，房卡她放在了前台，让我去取。我开门进去，看到桌子上放一个精美的盒子，盒子里装一条围巾和两个橙子，还有她来这个城市的直达车票（她明明是专程来看我的）。我们恋爱的第一年，两人还在读书，放寒假回家，分开的时候，天下大雪，我送给她的就是一条围巾和两个橙子。我哽咽着说不出话来——自己何德何能，如何受得住她的爱啊！我恨不得跪在她面前，告诉她：我猪狗不如，辜负了她。可是，我不爱她了，又怎么勉强？她独自度过的寒冷夜晚，我温暖不了她。每个人生来都孤独。生命里的苍凉和寒冷在所难免，而且谁也温暖不了谁。

我把这些寒冷和对温暖的渴望都写进这本书里了。我希望它们能疗伤，就像失恋的人听悲苦的情歌一样，聊以慰藉受了伤的心。我希望这些文章能驱散生命里的寒意。

有时候，我感觉自己特像一只幽灵，展开身体，在城市游荡，我的触觉细密而敏感，我的爱憎卑微而狭隘。我没有雄心，欲望不强烈；不够乐观，当然也不悲观，如果非要说的话，也就是有点虚无。我胆小怕事，不愿意出头，总是随遇而安，安于小如弹丸的一脉温情。这本书，是我安静游荡，复归柴门之后，潜心记录的感悟。

我现在算明白了，并且越来越坚信：这个世界上没有一个人值得我羡慕。大家都有伤，都正在与这个或者那个问题纠缠着呢，都要小心地伺候自己的身体，节制欲望，不可能为所欲为地活着。不论你是高富帅、白富美，还是与此相反，幸福和不幸在数量和质量上其实不会有什么变化，大家都一样。这个道理（姑且称之为道理吧），我在这本书里写过了。在此重提，是因为想说，众生平等，我们都一个样，所以这书里写的东西，多少就有所谓的普遍性。我读书的时候，就常有这样的感叹：呀，这家伙写的东西，是这样的。那些感悟，那些见闻，我们都曾有过，只是没有留心罢了，经人一指点，就恍然记起来了。如果这本书有这样的效果，我就心满意足了。起码，我怀揣着这样的愿望，这也是我有勇气出版这本书的原因。

其实，这本书里说的东西，你，你，还有他，都懂的。

这本书，送给潘书雅小朋友，你太可爱了，我爱你。

图书在版编目（CIP）数据

我知道没有人值得我羡慕／咸泡饭著． － 武汉：武汉大学
出版社，2013.9（2019.9重印）

ISBN 978-7-307-10808-0

Ⅰ.我… Ⅱ.咸… Ⅲ.随笔—作品集—中国—当代
Ⅳ.I267.1

中国版本图书馆 CIP 数据核字 (2013) 第 100443 号

责任编辑：刘汝怡 责任校对：赵 琳 版式设计：吕 伟

出版：**武汉大学出版社** （430072 武昌 珞珈山）
发行：**武汉大学出版社北京图书策划中心**
印刷：天津兴湘印务有限公司
开本：880×1230 1/32 印张：10 彩插：2 字数：300 千字
版次：2019 年 9 月第 1 版第 2 次印刷
ISBN 978-7-307-10808-0 定价：48.00 元